莎士比亚全集·中文本（典藏版）

William Shakespeare: Complete Works

［英］威廉·莎士比亚（William Shakespeare） 著

辜正坤 主编／邵雪萍 译

仲 夏 夜 之 梦

A Midsummer Night's Dream

外语教学与研究出版社

北京

京权图字：01-2016-4998

A MIDSUMMER NIGHT'S DREAM
Copyright © The Royal Shakespeare Company, 2007
All rights reserved.
Published by arrangement with Random House, an imprint of the Random House Publishing Group,
a division of Random House, Inc.

图书在版编目 (CIP) 数据

仲夏夜之梦／（英）威廉·莎士比亚（William Shakespeare）著；邵雪萍译.
北京：外语教学与研究出版社，2024. 6. ——（莎士比亚全集／辜正坤主编）.
ISBN 978-7-5213-5321-1

I. I561.33

中国国家版本馆 CIP 数据核字第 2024P413M5 号

仲夏夜之梦
ZHONGXIAYE ZHI MENG

出 版 人　王　芳
项目负责　邢印姝　郭芮萱
责任编辑　周渝毅
责任校对　都楠楠
封面设计　张　潇
出版发行　外语教学与研究出版社
社　　址　北京市西三环北路 19 号（100089）
网　　址　https://www.fltrp.com
印　　刷　三河市北燕印装有限公司
开　　本　710×1000　1/16
印　　张　8.5
字　　数　136 千字
版　　次　2024 年 6 月第 1 版
印　　次　2024 年 6 月第 1 次印刷
书　　号　ISBN 978-7-5213-5321-1
定　　价　68.00 元

如有图书采购需求，图书内容或印刷装订等问题，侵权、盗版书籍等线索，请拨打以下电话或关注官方服务号：
客服电话：400 898 7008
官方服务号：微信搜索并关注公众号"外研社官方服务号"
外研社购书网址：https://fltrp.tmall.com

物料号：353210001

记载人类文明
沟通世界文化
www.fltrp.com

出版说明

1623 年，莎士比亚的演员同僚们倾注心血结集出版了历史上第一部《莎士比亚全集》——著名的第一对开本，这是三百多年来许多导演和演员最为钟爱的莎士比亚文本。2007 年，由英国皇家莎士比亚剧团（Royal Shakespeare Company）推出的《莎士比亚全集》，则是对第一对开本首次全面的修订。

本套《莎士比亚全集》新汉译本，正是依据当今莎学界最负声望的皇家版《莎士比亚全集》翻译而成。译本的凡例说明如下：

一、**文体**：剧文有诗体和散体之分。未及最右行末即转行的为诗体。文字连排、直至最右行末转行的，则为散体。

二、**舞台提示**：

1）角色的上场与下场及其他舞台提示以仿宋体排出，穿插于剧文中的舞台提示以圆括号进行标注，如：（对亨利王子）。

2）舞台提示中的特殊符号。译本所依据的皇家版《莎士比亚全集》的编辑者对舞台提示中的不确定情形以特殊符号予以标注，译本亦保留了这些符号：如（旁白？）表示某行剧文既可作为旁白，亦可当作对话；又如某个舞台活动置于箭头 ↓↓ 之间，表示它可发生在一场戏中的多个不同时刻。

三、**脚注**：脚注中除标注有"译者附注"字样的，均译自或改编自皇家版《莎士比亚全集》注释。脚注多为对剧文中背景知识及专名的解释，以使读者更好地理解剧情；亦包含部分与英文原文相关的脚注，以使读者在品味译者的佳文时，亦体验到英文原文的精妙。

四、文本： 译本以第一对开本为蓝本，部分剧目中四开本与之明显相异的段落亦有译出，附于正文之后，供读者参考。

此《莎士比亚全集》新汉译本历经策划、翻译、编辑加工和印装等工序，各个环节的参与者均竭尽全力，力求完美，但由于水平、精力所限，难免有所错漏，敬请广大读者赐教指正。

外语教学与研究出版社

综合出版事业部

莎士比亚诗体重译集序

辜正坤

他非一代骚人，实属万古千秋。

这是英国大作家本·琼森（Ben Jonson）在第一部《莎士比亚全集》（*Mr. William Shakespeares Comedies, Histories, & Tragedies*, 1623）扉页上题诗中的诗行。三百多年来，莎士比亚在全球逐步成为一个家喻户晓的名字，似乎与这句预言在在呼应。但这并非偶然言中，有许多因素可以解释莎士比亚这一巨大的文化现象产生的必然性。最关键的，至少有下面几点。

首先，其作品内容具有惊人的多样性。世界上很难有第二个作家像莎士比亚这样能够驾驭如此广阔的题材。他的作品内容几乎无所不包，称得上英国社会的百科全书。帝王将相、走卒凡夫、才子佳人、恶棍屠夫……一切社会阶层都展现于他的笔底。从海上到陆地，从宫廷到民间，从国际到国内，从灵界到凡尘……笔锋所指，无处不至。悲剧、喜剧、历史剧、传奇剧，叙事诗、抒情诗……都成为他显示天才的文学样式。从哲理的韵味到浪漫的爱情，从盘根错节的叙述到一唱三叹的诗思，波涛汹涌的情怀，妙夺天工的笔触，凡开卷展读者，无不为之拊掌称绝。即使只从莎士比亚使用过的海量英语词汇来看，也令人产生仰之弥高的感觉。德国语言学家马克斯·缪勒（Max Müller）原以为莎士比亚使用过的词汇最多为 15,000 个，事后证明这当然是小看了语言大师的词汇储藏量。美国教授爱德华·霍尔登（Edward Holden）经过一番考察后，认为至少达 24,000 个。可是他哪里知道，这依然是一种低估。有学者甚至声称用电脑检索出莎士比亚用的词汇多达 43,566 个！当然，这些数据还不是莎士比亚作品之所以产生空前影响的关键因素。

其次，但也许是更重要的原因：他的作品具有极高的娱乐性。文学作品的生命力在于它能寓教于乐。莎士比亚的作品不是枯燥的说教，而是能够给予读者或观众极大艺术享受的娱乐性创造物，往往具有明显的煽情效果，有意刺激人的欲望。这种艺术取向当然不是纯粹为了娱乐而娱乐，掩藏在背后的是当时西方人强有力的人本主义精神，即用以人为本的价值观来对抗欧洲上千年来以神为本的宗教价值观。重欲望、重娱乐的人本主义倾向明显对重神灵、重禁欲的神本主义产生了极大的挑战。当然，莎士比亚的人本主义与中国古人所主张的人本主义有很大的区别。要而言之，前者在相当大的程度上肯定了人的本能欲望或原始欲望的正当性，而后者则主要强调以人的仁爱为本规范人类社会秩序的高尚的道德要求。二者都具有娱乐效果，但前者具有纵欲性或开放性娱乐效果，后者则具有节欲性或适度自律性娱乐效果。换句话说，对于 16、17 世纪的西方人来说，莎士比亚的作品暗中契合了试图挣脱过分禁欲的宗教教义的约束而走向个性解放的千百万西方人的娱乐追求，因此，它会取得巨大成功是势所必然的。

第三，时势造英雄。人类其实从来不缺善于煽情的作手或视野宏阔的巨匠，缺的常常是时势和机遇。莎士比亚的时代恰恰是英国文艺复兴思潮达到鼎盛的时代。禁欲千年之久的欧洲社会如堤坝围裹的宏湖，表面上浪静风平，其底层却汹涌着决堤的纵欲性暗流。一旦湖堤洞开，飞涛大浪呼卷而下，浩浩汤汤，汇作长河，而莎士比亚恰好是河面上乘势而起的弄潮儿，其迎合西方人情趣的精湛表演，遂赢得两岸雷鸣般的喝彩声。时势不光涵盖社会发展的总趋势，也牵连着别的因素。比如说，文学或文化理论界、政治意识形态对莎士比亚作品理解、阐释的多样性与莎士比亚作品本身内容的多样性产生相辅相成的效果。"说不尽的莎士比亚"成了西方学术界的口头禅。西方的每一种意识形态理论，尤其是文学理论，要想获得有效性，都势必会将阐释莎士比亚的作品作为试金石。17世纪初的人文主义，18世纪的启蒙主义，19世纪的浪漫主义，20世纪的现实主义或批判现实主义，都不同程度地、选择性地把莎士比亚作品作为阐释其理论特点的例证。也许17世纪的古典主义曾经阻遏过西方人对莎士比亚作品的过度热情，但是19世纪的浪漫主义流派却把莎士比亚作品推崇到无以复加的崇高地位，莎士比亚俨然成了西方文学的神灵。20世纪以来，西方资本主义阵营和社会主义阵营可以说在意识形态的各个方面都互相对立，势同水火，可是在对待莎士比亚的问题上，居然有着惊人的共识与默契。不用说，社会主义阵营的立场与社会主义理论的创始人马克思（Karl Marx）、恩格斯（Friedrich Engels）个人的审美情趣息息相关。马克思一家都是莎士比亚的粉丝；马克思称莎士比亚为"人类最伟大的天才之一，人类文学奥林波斯山上的宙斯"！他号召作家们要更加莎士比亚化。恩格斯甚至指出："单是《快乐的温莎巧妇》[1]的第一幕就比全部德国文学包含着更多的生活气息。"不用说，这些话多多少少有某种程度的文学性夸张，但对莎士比亚的崇高地位来说，却无疑产生了极大的推动作用。

第四，1623年版《莎士比亚全集》奠定莎士比亚崇拜传统。这个版本即眼前译本所依据的皇家版《莎士比亚全集》（*The RSC William Shakespeare: Complete Works*, 2007）的主要内容。该版本产生于莎士比亚去世的第七年。莎士比亚的舞台同仁赫明奇（John Heminge）和康德尔（Henry Condell）整理出版了第一部莎士比亚戏剧集。当时的大学者、大

1　英文剧名为 The Merry Wives of Windsor，朱生豪先生译作《温莎的风流娘儿们》；重译本综合考虑剧情和英文书名，译作《快乐的温莎巧妇》。

作家本·琼森为之题诗,诗中写道:"他非一代骚人,实属万古千秋。"这个调子奠定了莎士比亚偶像崇拜的传统。而这个传统一旦形成,后人就难以反抗。英国文学中的莎士比亚偶像崇拜传统已经形成了一种自我完善、自我调整、自我更新的机制。至少近两百年来,莎士比亚的文学成就已被宣传成世界文学的顶峰。

第五,现在署名"莎士比亚"的作品很可能不只是莎士比亚一个人的成果,而是凝聚了当时英国若干戏剧创作精英的团体努力。众多大作家的智慧浓缩在以"莎士比亚"为代号的作品集中,其成就的伟大性自然就获得了解释。当然,这最后一点只是莎士比亚研究界若干学者的研究性推测,远非定论。有的莎士比亚著作爱好者害怕一旦证明莎士比亚不是署名为"莎士比亚"的著作的作者,莎士比亚的著作便失去了价值,这完全是杞人忧天。道理很简单,人们即使证明了《红楼梦》的作者不是曹雪芹,或《三国演义》的作者不是罗贯中,也丝毫不影响这些作品的伟大价值。同理,人们即使证明了《莎士比亚全集》不是莎士比亚一个人创作的,也丝毫不会影响《莎士比亚全集》是世界文学中的伟大作品这个事实,反倒会更有力地证明这个事实,因为集体的智慧远胜于个人。

皇家版《莎士比亚全集》译本翻译总思路

横亘于前的这套新译本,是依据当今莎学界最负声望的皇家版《莎士比亚全集》进行翻译的,而皇家版又正是以本·琼森题过诗的 1623 年版《莎士比亚全集》为主要依据。

这套译本是在考察了中国现有的各种译本后,根据新的历史条件和新的翻译目的打造出来的。其总的翻译思路是本套译本主编会同外语教学与研究出版社的相关领导和责任编辑讨论的结果。总起来说,皇家版《莎士比亚全集》译本在翻译思路上主要遵循了以下几条：

1. 版本依据。如上所述，本版汉译本译文以英国皇家版《莎士比亚全集》为基本依据。但在翻译过程中，译者亦酌情参阅了其他版本，以增进对原作的理解。

2. 翻译内容包括：内页所含全部文字。例如作品介绍与评论、正文、注释等。

3. 注释处理问题。对于注释的处理：1）翻译时，如果正文译文已经将英文版某注释的基本含义较准确地表达出来了，则该注释即可取消；2）如果正文译文只是部分地将英文版对应注释的基本含义表达出来，则该注释可以视情况部分或全部保留；3）如果注释本身存疑，可以在保留原注的情况下，加入译者的新注。但是所加内容务必有理有据。

4. 翻译风格问题。对于风格的处理：1）在整体风格上，译文应该尽量逼肖原作整体风格，包括以诗体译诗体，以散体译散体；2）在具体的文字传输处理上，通常应该注重汉译本身的文字魅力，增强汉译本的可读性。不宜太白话，不宜太文言；文白用语，宜尽量自然得体。句子不要太绕，注意汉语自身表达的句法结构，尤其是其逻辑表达方式。意义的异化性不等于文字形式本身的异化性，因此要注意用汉语的归化性来传输、保留原作含义的异化性。朱生豪先生的译本语言流畅、可读性强，但可惜不是诗体，有违原作形式。当下译本是要在承传朱先生译本优点的基础上，根据新时代的读者审美趣味，取得新的进展。梁实秋先生等的译本，在达意的准确性上，比朱译有所进步，也是我们应该吸纳的优点。但是梁译文采不足，则须注意避其短。方平先生等的译本，也把莎士比亚翻译往前推进了一步，在进行大规模诗体翻译方面作出了宝贵的尝试，但是离真正的诗体尚有距离。此外，前此的所有译本对于莎士比亚原作的色情类用语都有程度不同的忽略，本套皇家版译本则尽力在此方面还原莎士比亚的本真状态（论述见后文）。其他还有一些译本，亦都应该受到我们的关注，处理原则类推。每种译本都有自己独特的东西。我们希望美的译文是这套译本的突出特点。

5.借鉴他种汉译本问题。凡是我们曾经参考过的较好的译本，都在适当的地方加以注明，承认前辈译者的功绩。借鉴利用是完全必要的，但是要正大光明，避免暗中抄袭。

6.具体翻译策略问题特别关键，下文将其单列进行陈述。

莎士比亚作品翻译领域大转折：真正的诗体译本

莎士比亚首先是一个诗人。莎士比亚的作品基本上都以诗体写成。因此，要想尽可能还原本真的莎士比亚，就必须将莎士比亚作品翻译成为诗体而不是散文，这在莎学界已经成为共识。但是紧接而来的问题是：什么叫诗体？或需要什么样的诗体？

按照我们的想法：1）所谓诗体，首先是措辞上的诗味必须尽可能浓郁；2）节奏上的诗味（包括分行）等要予以高度重视；3）结合中国人的审美习惯，剧文可以押韵，也可以不押韵。但不押韵的剧文首先要满足前两个要求。

本全集翻译原计划由笔者一个人来完成。但是，莎士比亚的创作具有惊人的多样性，其作品来源也明显具有莎士比亚时代若干其他作家与作品的痕迹，因此，完全由某一个译者翻译成一种风格，也许难免偏颇，难以和莎士比亚风格的多样性相呼应。所以，集众人的力量来完成大业，应该更加合理，更加具有可操作性。

具体说来，新时代提出了什么要求？简而言之，就是用真正的诗体翻译莎士比亚的诗体剧文。这个任务，是朱生豪先生无法完成的。朱先生说过，他在翻译莎士比亚作品时，"当然预备全部用散文译出，否则将要了我的命"。[1] 显然，朱先生也考虑过用诗体来翻译莎士比亚著作的问题，但是他的结论是：第一，靠单独一个人用诗体翻译《莎士比亚全集》是办不到的，会因此累死；第二，他用散文翻译也是不得已的办法，因为只有这样他才有可能在有生之年完成《莎士比亚全集》的翻译工作。

将《莎士比亚全集》翻译成诗体比翻译成散文体要难得多。难到什么程度呢？和朱生豪先生的翻译进度比较一下就知道了。朱先生翻译得最快的时候，一天可以翻译一万字。[2] 为什么会这么快？朱先生才华过人，这当然是一个因素，但关键因素是：他是用散文翻译的。用真正的诗体就不一样了。以笔者自己的体验，今日照样用散文翻译莎士比亚剧本，最快时也可达到每日一万字。这是因为今日的译者有比以前更完备的注释本和众多的前辈汉译本作参考，至少在理解原著时，要比朱先生当年省力得多，所以翻译速度上最高达到一万字是不难的。但是翻译成诗体就是另外一回事了。这比自己写诗还要难得多。写诗是自己随意发挥，译诗则必须按照别人的意思发挥，等于是戴着镣铐跳舞。笔者自己写诗，诗兴浓时，一天数百行都可以写得出来，但是翻译诗，一天只能是几十行，统计成字数，往往还不到一千字，最多只是朱生豪先生散文翻译速度的十分之一。梁实秋先生翻译《莎士比亚全集》用的也是散文，但是也花了 37 年，如果要翻译成真正的诗体，那么至少得 370 年！由此可见，真正的诗体《莎士比亚全集》汉译本的诞生，有多么艰难。此次笔者约稿的各位译者，都是用诗体翻译，并且都表示花费了大量的时间，

1　见朱生豪大约在 1936 年夏致宋清如信："今天下午，我试译了两页莎士比亚，还算顺利，不过恐怕终于不过是 Poor Stuff 而已。当然预备全部用散文译出，否则将要了我的命。"（《伉俪：朱生豪宋清如诗文选》下卷，中国青年出版社，2013 年，第 94 页）

2　朱生豪："今天因为提起了精神，却很兴奋，晚上译了六千字，今天一共译一万字。"（同上，第 101 页）

皇家版《莎士比亚全集》译本凝聚了诸位译者的多少努力，也就不言而喻了。

翻译诗体分辨：不是分了行就是真正的诗

主张将莎士比亚剧作翻译成诗体成了共识，但是什么才是诗体，却缺乏共识。在白话诗盛行的时代，许多人只是简单地认定分了行的文字就是诗这个概念。分行只是一个初级的现代诗要求，甚至不必是必然要求，因为有些称为诗的文字甚至连分行形式都没有。不过，在莎士比亚作品的翻译上，要让译文具有诗体的特征，首先是必定要分行的，因为莎士比亚原作本身就有严格的分行形式。这个不用多说。但是译文按莎士比亚的方式分了行，只是达到了一个初级的低标准。莎士比亚的剧文读起来像不像诗，还大有讲究。

卞之琳先生对此是颇有体会的。他的译本是分行式诗体，但是他自己也并不认为他译出的莎士比亚剧本就是真正的诗体译本。他说：读者阅读他的译本时，"如果……不感到是诗体，不妨就当散文读，就用散文标准来衡量"。[1] 这是一个诚实的译者说出的诚实话。不过，卞先生很谦虚，他有许多剧文其实读起来还是称得上诗体的。原因是什么？原因是他注意到了笔者上文提到的两点：第一，诗的措辞；第二，诗的节奏。只不过他迫于某些客观原因，并没有自始至终侧重这方面的追求而已。

显然，一些译本翻译了莎士比亚的剧文，在行数上靠近莎士比亚原作，措辞也还流畅。这些是不是就是理想的诗体莎士比亚译本呢？笔者认为，这还不够。什么是诗，对于中国人来说有几千年的历史，我们不

1　卞之琳:《莎士比亚悲剧四种》, 方志出版社, 2007 年, 第 4 页。

能脱离这个悠久的传统来讨论这个问题。为此，我们不得不重新提到一些基本概念：什么是诗？什么是诗歌翻译？

诗歌是语言艺术，诗歌翻译也就必须是语言艺术

讨论诗歌翻译必须从讨论诗歌开始。

诗主情。诗言志。诚然。但诗歌首先应该是一种精妙的语言艺术。同理，诗歌的翻译也就不得不首先表现为同类精妙的语言艺术。若译者的语言平庸而无光彩，与原作的语言艺术程度差距太远，那就最多只是原诗含义的注释性文字，算不得真正的诗歌翻译。

那么，何谓诗歌的语言艺术？

无他，修辞造句、音韵格律一整套规矩而已。无规矩不成方圆，无限制难成大师。奥运会上所有的技能比赛，无不按照特定的规矩来显示参赛者高妙的技能。德国诗人歌德（Johann Wolfgang von Goethe）《自然和艺术》（"Natur und Kunst"）一诗最末两行亦彰扬此理：

非限制难见作手，

唯规矩予人自由。[1]

艺术家的"自由"，得心应手之谓也。诗歌既为语言艺术，自然就有一整套相应的语言艺术规则。诗人应用这套规则时，一旦达到得心应手的程度，那就是达到了真正成熟的境界。当然，规矩并非一点都不可打破，但只有能够将规矩使用到随心所欲而不逾矩的程度的人，才真正有资格去创立新规矩，丰富旧规矩。创新是在承传旧规则长处的基础上来进行的，而不是完全推翻旧规则，肆意妄为。事实证明，在语言艺术上

---

1 In der Beschränkung zeigt sich erst der Meister, / Und das Gesetz nur kann uns Freiheit geben. 参见 http://www.business-it.nl/files/7d413a5dca62fc735a072b16fbf050b1-27.php.

凡无视积淀千年的诗歌语言规则，随心所欲地巧立名目、乱行胡来者，永不可能在诗歌语言艺术上取得大的成就，所以歌德认为：

> 若徒有放任习性，
>
> 则永难至境遨游。[1]

　　诗歌语言艺术如此需要规则，如此不可放任不羁，诗歌的翻译自然也同样需要相类似的要求。这个要求就是笔者前面提出的主张：若原诗是精妙的语言艺术，则理论上说来，译诗也应是同类精妙的语言艺术。

　　但是，"同类"绝非"同样"。因为，由于原作和译作使用的语言载体不一样，其各自产生的语言艺术规则和效果也就各有各的特点，大多不可同样复制、照搬。所以译作的最高目标，是尽可能在译入语的语言艺术领域达到程度大致相近的语言艺术效果。这种大致相近的艺术效果程度可叫作"最佳近似度"。它实际上也就是一种翻译标准，只不过针对不同的文类，最佳近似度究竟在哪些因素方面可最佳程度地（并不一定是最大程度地）取得近似效果，不是一成不变的，而是具有高度的灵活性。不同的文类，甚至针对不同的受众，我们都可以设定不同的最佳近似度。这点在拙著《中西诗比较鉴赏与翻译理论》（清华大学出版社，2010 年）的相关章节中有详细的厘定，此不赘。

话与诗的关系：话不是诗

　　古人的口语本来就是白话，与现在的人说的口语是白话一个道理。

1　Vergebens werden ungebundene Geister / Nach der Vollendung reiner Höhe streben. 参 见 http://www.cosmiq.de/qa/show/3454062/Vergebens-werden-ungebundne-Geister-Nach-der-Vollendung-reiner-Hoehe-streben-Was-ist-die-Bedeutung-dieser-2-Verse-Ich-komm-nicht-drauf/t.

正因为白话太俗，不够文雅，古人慢慢将白话进行改进，使它更加规范、更加准确，并且用语更加丰富多彩，于是文言产生。在文言的基础上，还有更文的文字现象，那就是诗歌，于是诗歌产生。所以就诗歌而言，文言味实际上就是一种特殊的诗味。文言有浅近的文言，也有佶屈聱牙的文言。中国传统诗歌绝大多数是浅近的文言，但绝非口语、白话。诗中有话的因素，自不待言，但话的因素往往正是诗试图抑制的成分。

文言和诗歌的产生是低俗的口语进化到高雅、准确层次的标志。文言和诗歌的进一步发展使得语言的艺术性愈益增强。最终，文言和诗歌完成了艺术性语言的结晶化定型。这标志着古代文学和文学语言的伟大进步。《诗经》、楚辞、唐诗、宋词、元明戏曲，以及从先秦、汉、唐、宋、元至明清的散文等，都是中国语言艺术逐步登峰造极的明证。

人们往往忘记：话不是诗，诗是话的升华。话据说至少有**几十万年**的历史，而诗却只有**几千年**的历史。白话通过漫长的岁月才升华成了诗。因此，从理论上说，白话诗不是最好的诗，而只是低层次的、初级的诗。当一行文字写得不像是话时，它也许更像诗。"太阳落下山去了"是话，硬说它是诗，也只是平庸的诗，人人可为。而同样含义的"白日依山尽"不像是话，却是真正的诗，非一般人可为，只有诗人才写得出。它的语言表达方式与一般人的通用白话脱离开来了，实现了与通用语的偏离（deviation from the norm）。这里的通用语指人们天天使用的白话。试想把唐诗宋词译成白话，还有多少诗味剩下来？

谢谢古代先辈们一代又一代、不屈不挠的努力，话终于进化成了诗。

但是，20 世纪初一些激进的中国学者鼓荡起一场声势浩大的白话文运动。

客观说来，用白话文来书写、阅读自然科学和人文科学文献，例如哲学、政治学、伦理学、经济学等等文献，这都是**伟大的进步**。这个进步甚至可以上溯到八百多年前朱熹等大学者用白话体文章传输理学思想。对此笔者非常拥护，非常赞成。

但是约一百年前的白话诗运动却未免走向了极端，事实上是一种语言艺术方面的倒退行为。已经高度进化的诗词曲形式被强行要求返祖回归到三千多年前的类似白话的状态，已经高度语言艺术化了的诗被强行要求退化成话。艺术性相对较低的白话反倒成了正统，艺术性较高的诗反倒成了异端。其实，容许口语类白话诗和文言类诗并存，这才是正确的选择。但一些激进学者故意拔高白话地位，在诗歌创作领域搞成白话至上主义，这就走上了极端主义道路。

这个运动影响到诗歌翻译的结果是什么呢？结果是西方所有的大诗人，不论是古代的还是近代的，如荷马（Homer）、但丁（Dante）、莎士比亚、歌德、雨果（Victor Hugo）、普希金（Alexander Pushkin）……都莫名其妙地似乎用同一支笔写出了 20 世纪初才出现的味道几乎相同的白话文汉诗！

将产生这种极端性结果的原因再回推，我们会清楚地明白，当年的某些学者把文学艺术简单雷同于人文社会科学，误解了文学艺术，尤其是诗歌艺术的特殊性质，误以为诗就是话，混淆了诗与话的形式因素。

针对莎士比亚戏剧诗的翻译对策

由上可知，莎士比亚的剧文既然大多是格律诗，无论有韵无韵，它们都是诗，都有格律性。因此在汉译中，我们就有必要显示出它具有格律性，而这种格律性就是诗性。

问题在于，格律性是附着在语言形式上的；语言改变了，附着其上的格律性也就大多会消失。换句话说，格律大多不可复制或模仿，这就正如用钢琴弹不出二胡的效果，用古筝奏不出黑管的效果一样。但是，原作的内在旋律是可以模仿的，只是音色变了。原作的诗性是可以换个形式营造的，这就是利用汉语本身的语言特点营造出大略类似的语言艺术审美效果。

由于换了另外一种语言媒介，原作的语音美设计大多已经不能照搬、复制，甚至模拟了，那么我们就只好断然舍弃掉原作的许多语音美设计，而代之以译入语自身的语言艺术结构产生的语音美艺术设计。当然，原作的某些语音美设计还是可以尝试模拟保留的，但在通常的情况下，大多数的语音美已经不可能传输或复制了。

利用汉语本身的语音审美特点来营造莎士比亚诗歌的汉译语音审美效果，是莎士比亚作品翻译的一个有效途径。机械照搬原作的语音审美模式多半会失败，并且在大多数的场合下也没有必要。

具体说来，这就涉及翻译莎士比亚戏剧作品时该如何处理：1）节奏；2）韵律；3）措辞。笔者主张，在这三个方面，我们都可以适当借鉴利用中国古代词曲体的某些因素。戏剧剧文中的诗行一般都不宜多用单调的律诗和绝句体式。元明戏剧为什么没有采用前此盛行的五言或七言诗行而采用了长短错杂、众体皆备的词曲体？这是一种艺术形式发展的必然。元明曲体由于要更好更灵活地满足抒情、叙事、论理等诸多需要，故借用发展了词的形式，但不是纯粹的词，而是融入了民间语汇。词这种形式涵盖了一言、二言、三言、四言、五言、六言、七言、八言……乃至十多言的长短句式，因此利于表达变化莫测的情、事、理。从这个意义上看，莎士比亚剧文语言单位的参差不齐状态与中文词曲体句式的参差不齐状态正好有某种相互呼应的效果。

也许有人说，莎士比亚的剧文虽然是格律诗，但并不怎么押韵，因此汉诗翻译也就不必押韵。这个说法也有一定道理，但是道理并不充实。

首先，我们应该明白，既然莎士比亚的剧文是诗体，人们读到现今的散体译文或不押韵的分行译文却难以感受到其应有的诗歌风味，原因即在于其音乐性太弱。如果人们能够照搬莎士比亚素体诗所惯常用的音步效果及由此引起的措辞特点，当然更好。但事实上，原作的节奏效果是印欧语系语言本身的效果，换了一种语言，其效果就大多不能搬用了，所以我们只好利用汉语本身的优势来创造新的音乐美。这种音乐美很难说是原作的音乐美，但是它毕竟能够满足一点：即诗体剧文应该具有诗歌应有的音乐美这个起码要求。而汉译的押韵可以强化这种音乐美。

其次，莎士比亚的剧文不押韵是由诸多因素造成的。第一，属于印欧语系语言的英语在押韵方面存在先天的多音节不规则形式缺陷，导致押韵词汇范围相对较窄。所以对于英国诗人来说，很苦于押韵难工；莎士比亚的许多押韵体诗，例如十四行诗，在押韵方面都不很工整。其次，莎士比亚的剧文虽不押韵，却在节奏方面十分考究，这就弥补了音韵方面的不足。第三，莎士比亚的剧文几乎绝大多数是诗行，对于剧作者来说，每部长达两三千行的诗行行都要押韵，这是一个极大的挑战，很难完成。而一旦改用素体，剧作者便会轻松得多。但是，以上几点对于汉语译本则不是一个问题。汉语的词汇及语音构成方式决定了它天生就是一种有利于押韵的艺术性语言。汉语存在大量同韵字，押韵是一件很容易的事情。汉语的语音音调变化也比莎士比亚使用的英语的音调变化空间大一倍以上。汉语音调至少有四种（加上轻重变化可达六至八种），而英语的音调主要局限于轻重语调两种，所以存在于印欧语系文字诗歌中的频频押韵有时会产生的单调感，在汉语中会在很大程度上由于语调的多变而得到缓解。故汉语戏剧剧文在押韵方面有很大的潜在优势空间，实际上元明戏剧剧文频频押韵就是证明。

第三，莎士比亚的剧文虽然很多不押韵，但却具极强的节奏感。他惯用的格律多半是抑扬格五音步（iambic pentameter）诗行。如果我们在节奏方面难以传达原作的音美，或者可以通过韵律的音美来弥补节奏美的丧失，这种翻译对策谓之堤内损失堤外补，亦谓失之东隅，收之桑榆。我们的语言在某方面有缺陷，可以通过另一方面的优点来弥补。当然，笔者主张在一定程度上借鉴利用传统词曲的风味，却并不主张使用宋词、元曲式的严谨格律，而只是追求一种过分散文化和过分格律化之间的妥协状态。有韵但是不严格，要适当注意平仄，但不过多追求平仄效果及诗行的整齐与否；不必有太固定的建行形式，只是根据诗歌本身的内容和情绪赋予适当的节奏与韵式。在措辞上则保持与白话有一段距离，但是绝非佶屈聱牙的文言，而是趋近典雅、但普通读者也能读懂的语言。

最后，根据翻译标准多元互补论原理，由于莎士比亚作品在内容、形式及审美效应方面具有多样性，因此，只用一种类乎纯诗体译法来翻译所有的莎士比亚剧文，也是不完美的，因为单一的做法也许无形中堵塞了其他有益的审美趣味通道。因此，这套译本的译风虽然整体上强调诗化、诗味，但是在营造诗味的途径和程度上不是单一的。我们允许诗体译风的灵活性和创新性。多译者译法实际上也是在探索诗体译法的诸多可能性，这为我们将来进一步改进这套译本铺垫了一条较宽的道路。因此，译文从严格押韵、半押韵到不押韵的各个程度，译本都有涉猎。但是，无论是否押韵，其节奏和措辞应该总是富于诗意，这个要求则是统一的。这是我们对皇家版《莎士比亚全集》译本的语言和风格要求。不能说我们能完全达到这个目标，但我们是往这个方向努力的。正是这样的努力，使这套译本与前此译本有很大的差异，在一定的意义上来说，标志着中国莎士比亚著作翻译的一次大转折。

翻译突破：还原莎士比亚作品禁忌区域

另有一个课题是中国学者从前讨论得比较少的禁忌领域，即莎士比亚著作中的性描写现象。

　　许多西方学者认为，莎士比亚酷爱色情字眼，他的著作渗透着性描写、性暗示。只要有机会，他就总会在字里行间，用上与性相联系的双关语。西方人很早就搜罗莎士比亚著作的此类用语，编纂了莎士比亚淫秽用语词典。这类词典还不止一种。1995 年，我又看到弗朗基·鲁宾斯坦（Frankie Rubinstein）等编纂了《莎士比亚性双关语释义词典》（*A Dictionary of Shakespeare's Sexual Puns and Their Significance*），厚达372 页。

　　赤裸裸的性描写或过多的淫秽用语在传统中国文学作品中是受到非议的，尽管有《金瓶梅》这样被判为淫秽作品的文学现象，但是中国传统的主流舆论还是抑制这类作品的。莎士比亚的作品固然不是通常意义上的淫秽作品，但是它的大量实际用语确实有很强的色情味。这个极鲜明的特点恰恰被前此的所有汉译本故意掩盖或在无意中抹杀掉。莎士比亚的所有汉译者，尤其是像朱生豪先生这样的译者，显然不愿意中国读者看到莎士比亚的文笔有非常泼辣的大量使用性相关脏话的特点。这个特点多半都被巧妙地漏译或改译。于是出现一种怪现象，莎士比亚著作中有些大段的篇章变成汉语后，尽管读起来是通顺的，读者对这些话语却往往感到莫名其妙。以《罗密欧与朱丽叶》第一幕第一场前面的 30 行台词为例，这是凯普莱特家两个仆人山普孙与葛莱古里之间的淫秽对话。但是，读者阅读过去的汉译本时，很难看到他们是在说淫秽的脏话，甚至会认为这些对话只是仆人之间的胡话，没有什么意义。

　　不过，前此的译本对这类用语和描写的态度也并不完全一样，而是依据年代距离在逐步改变。朱生豪先生的译本对这些东西删除改动得最多，梁实秋先生已经有所保留，但还是有节制。方平先生等的译本保留得更多一些，但仍然持有相当的保留态度。此外，从英语的不同版本看，有的版本注释得明白，有的版本故意模糊，有的版本注释者自己也没有弄懂这些双关语，那就更别说中国译者了。

在这一点上，我们目前使用的皇家版《莎士比亚全集》是做得最好的。

那么，我们该怎样来翻译莎士比亚的这种用语呢？是迫于传统中国道德取向的习惯巧妙地回避，还是尽可能忠实地传达莎士比亚的本真用意？我们认为，前此的译本依据各自所处时代的中国人道德价值的接受状态，采用了相应的翻译对策，出现了某种程度的曲译，这是可以理解的，是特定历史条件下的产物。但是，历史在前进，中国人的道德观已经有了很大的改变，尤其是在性禁忌领域。说实话，无论我们怎样真实地还原莎士比亚著作中的性双关描写，比起当代文学作品中有时无所忌讳的淫秽描写来，莎士比亚还真是有小巫见大巫的感觉。换句话说，目前中国人在这方面的外来道德价值接受状态，已经完全可以接受莎士比亚著作中的性双关用语了。因此，我们的做法是尽可能真实还原莎士比亚性相关用语的现象。在通常的情况下，如果直译不能实现这种现象的传输，我们就采用注释。可以说，在这方面，目前这个版本是所有莎士比亚汉译本中做得最超前的。

译法示例

莎士比亚作品的文字具有多种风格，早期的、中期的和晚期的语言风格有明显区别，悲剧、喜剧、历史剧、十四行诗的语言风格也有区别。甚至同样是悲剧或喜剧，莎士比亚的语言风格往往也会很不相同。比如同样是属于悲剧，《罗密欧与朱丽叶》剧文中就常常有押韵的段落，而大悲剧《李尔王》却很少押韵；同样是喜剧，《威尼斯商人》是格律素体诗，而《快乐的温莎巧妇》却大多是散文体。

　　与此现象相应，我们的翻译当然也就有多种风格。虽然不完全一一对应，但我们有意避免将莎士比亚著作翻译成千篇一律的一种文体。从这个意义上说，皇家版《莎士比亚全集》汉译本在某些方面采用了全新的译法。这种全新译法不是孤立的一种译法，而是力求展示多种翻译风格、多种审美尝试。多样化为我们将来精益求精提供了相对更多的选择。如果现在固定为一种单一的风格，那么将来要想有新的突破，就困难了。概括说来，我们的多种翻译风格主要包括：1）有韵体诗词曲风味译法；2）有韵体现代文白融合译法；3）无韵体白话诗译法。下面依次选出若干相应风格的译例，供读者和有关方面品鉴。

一、有韵体诗词曲风味译法
　　有韵体诗词曲风味译法注意使用一些传统诗词曲中诗味比较浓郁的词汇，同时注意遣词不偏僻，节奏比较明快，音韵也比较和谐。但是，它们并不是严格意义上的传统诗词曲，只是带点诗词曲的风味而已。例如：

女巫甲　　何时我等再相逢？
　　　　　　闪电雷鸣急雨中？
女巫乙　　待到硝烟烽火静，
　　　　　　沙场成败见雌雄。
女巫丙　　残阳犹挂在西空。　　　　　　　　（《麦克白》第一幕第一场）

小丑甲　　当时年少爱风流，
　　　　　　有滋有味有甜头；
　　　　　　行乐哪管韶华逝，
　　　　　　天下柔情最销愁。　　　　　　（《哈姆莱特》第五幕第一场）

朱丽叶 天未曙，罗郎，何苦别意匆忙？
鸟音啼，声声亮，惊骇罗郎心房。
休听作破晓云雀歌，只是夜莺唱，
石榴树间，夜夜有它设歌场。
信我，罗郎，端的只是夜莺轻唱。

罗密欧 不，是云雀报晓，不是莺歌，
看东方，无情朝阳，暗洒霞光，
流云万朵，镶嵌银带飘如浪。
星斗如烛，恰似残灯剩微芒，
欢乐白昼，悄然驻步雾嶂群岗。
奈何，我去也则生，留也必亡。

朱丽叶 听我言，天际微芒非破晓霞光，
只是金乌，吐射流星当空亮，
似明炬，今夜为郎，朗照边邦，
何愁它曼托瓦路，漫远悠长。
且稍待，正无须行色皇皇仓仓。

罗密欧 纵身陷人手，蒙斧钺加诛于刑场；
只要这勾留遂你愿，我欣然承当。
让我说，那天际灰朦，非黎明醒眼，
乃月神眉宇，幽幽映现，淡淡辉光；
那歌鸣亦非云雀之讴，哪怕它
嚣然振动于头上空冥，嘹亮高亢。
我巴不得栖身此地，永不他往。
来吧，死亡！倘朱丽叶愿遂此望。
如何，心肝？畅谈吧，趁夜色迷茫。

（《罗密欧与朱丽叶》第三幕第五场）

二、有韵体现代文白融合译法

有韵体现代文白融合译法的特点是：基本押韵，措辞上白话与文言尽量能够水乳交融；充分利用诗歌的现代节奏感，俾便能够念起来朗朗上口。例如：

哈姆莱特 死，还是生？这才是问题根本：

莫道是苦海无涯，但操戈奋进，

终赢得一片清平；或默对逆运，

忍受它箭石交攻，敢问，

两番选择，何为上乘？

死灭，睡也，倘借得长眠

可治心伤，愈千万肉身苦痛痕，

则岂非美境，人所追寻？死，睡也，

睡中或有梦魇生，唉，症结在此；

倘能撒手这碌碌凡尘，长入死梦，

又谁知梦境何形？念及此忧，

不由人踌躇难定：这满腹疑情

竟使人苟延年命，忍对苦难平生。

假如借短刀一柄，即可解脱身心，

谁甘愿受人世的鞭挞与讥评，

强权者的威压，傲慢者的骄横，

失恋的痛楚，法律的耽延，

官吏的暴虐，甚或默受小人

对贤德者肆意拳脚加身？

谁又愿肩负这如许重担，

流汗、呻吟，疲于奔命，

倘非对死后的处境心存疑云，

惧那未经发现的国土从古至今
无孤旅归来，意志的迷惘
使我辈宁愿忍受现世的忧闷，
而不敢飞身投向未知的苦境？
前瞻后顾使我们全成懦夫，
于是，本色天然的决断决行，
罩上了一层思想的惨淡余阴，
只可惜诸多待举的宏图大业，
竟因此如逝水忽然转向而行，
失掉行动的名分。　　　（《哈姆莱特》第三幕第一场）

麦克白　　若做了便是了，则快了便是好。
若暗下毒手却能横超果报，
割人首级却赢得绝世功高，
则一击得手便大功告成，
千了百了，那么此际此宵，
身处时间之海的沙滩、岸畔，
何管它来世风险逍遥。但这种事，
现世永远有裁判的公道：
教人杀戮之策者，必受杀戮之报；
给别人下毒者，自有公平正义之手
让下毒者自食盘中毒肴。　　　（《麦克白》第一幕第七场）

损神，耗精，愧煞了浪子风流，
都只为纵欲眠花卧柳，
阴谋，好杀，赌假咒，坏事做到头；

心毒手狠，野蛮粗暴，背信弃义不知羞。

才尝得云雨乐，转眼意趣休。

舍命追求，一到手，没来由

便厌腻个透。呀恰，恰像是钓钩，

但吞香饵，管教你六神无主不自由。

求时疯狂，得时也疯狂，

曾有，现有，还想有，要玩总玩不够。

适才是甜头，转瞬成苦头。

求欢同枕前，梦破云雨后。

唉，普天下谁不知这般儿歹症候，

却避不得便往这通阴曹的天堂路儿上走！

（十四行诗第一百二十九首）

三、无韵体白话诗译法

无韵体白话诗译法的特点是：虽然不押韵，但是译文有很明显的和谐节奏，措辞畅达，有诗味，明显不是普通的口语。例如：

贡妮芮　父亲，我爱您非语言所能表达；

胜过自己的眼睛、天地、自由；

超乎世上的财富或珍宝；犹如

德貌双全、康强、荣誉的生命。

子女献爱，父亲见爱，至多如此；

这种爱使言语贫乏，谈吐空虚：

超过这一切的比拟——我爱您。（《李尔王》第一幕第一场）

李尔　国王要跟康沃尔说话，慈爱的父亲

要跟他女儿说话，命令、等候他们服侍。

这话通禀他们了吗？我的气血都飙起来了！
火爆？火爆公爵？去告诉那烈性公爵——
不，还是别急：也许他是真不舒服。
人病了，常会疏忽健康时应尽的
责任。身子受折磨，
逼着头脑跟它受苦，
人就不由自主了。我要忍耐，
不再顺着我过度的轻率任性，
把难受病人偶然的发作，错认是
健康人的行为。我的王权废掉算了！
为什么要他坐在这里？这种行为
使我相信公爵夫妇不来见我
是伎俩。把我的仆人放出来。
去跟公爵夫妇讲，我要跟他们说话，
现在就要。叫他们出来听我说，
不然我要在他们房门前打起鼓来，
不让他们好睡。　　　　　　　（《李尔王》第二幕第二场）

奥瑟罗　　诸位德高望重的大人，
　　　　　我崇敬无比的主子，
　　　　　我带走了这位元老的女儿，
　　　　　这是真的；真的，我和她结了婚，说到底，
　　　　　这就是我最大的罪状，再也没有什么罪名
　　　　　可以加到我头上了。我虽然
　　　　　说话粗鲁，不会花言巧语，
　　　　　但是七年来我用尽了双臂之力，

直到九个月前，我一直
都在战场上拼死拼活，
所以对于这个世界，我只知道
冲锋向前，不敢退缩落后，
也不会用漂亮的字眼来掩饰
不漂亮的行为。不过，如果诸位愿意耐心听听，
我也可以把我没有化装掩盖的全部过程，
一五一十地摆到诸位面前，接受批判：
我绝没有用过什么迷魂汤药、魔法妖术，
还有什么歪门邪道——反正我得到他的女儿，
全用不着这一套。　　　　　（《奥瑟罗》第一幕第三场）

目　录

《仲夏夜之梦》导言

诗人莎士比亚具有双重视野。他养育了一对双胞胎，也常将喜剧与悲剧、下层人物与上流社会、散体与诗体熔于一炉。他是在城市工作的乡村人，能讲英国民间故事，对古希腊、古罗马神话也同样熟悉。在他的思想与生活环境中，天主教和新教、陈旧的封建制度与崭新的资产阶级抱负、理性的思考与天生的本能势均力敌。《仲夏夜之梦》是他真正的重要剧作之一，它的情节在城市与树林、白昼与黑夜、理性与想象、清醒状态与梦境之间交替铺陈，淋漓尽致地展现了他的双重视野。

树林、黑夜、想象、梦境，这些都是第二视野的坐标，这种视野应该称为奇幻思维。它是先知、占星家、"女巫"和诗人的存在方式，令人想起一个由各种能量与灵力驱动的世界，它在凡俗与神圣之间找到了对应。具有这种视野的眼眸迷狂地转动，视通天地。它使未知事物具体化，赋予其形象，为虚无缥缈的东西提供了名字和居所。

奇幻思维可满足人类的内心需要。像爱和美这样的东西，原本变化莫测，令人痛苦，奇幻思维却使之合乎情理。若是婴儿身上长了丑陋的胎记，便可以之或在摇篮中被夜游仙掉了包作解。包含在今人称为"性吸引"过程中的纯偶然性因素，亦可归结为野三色堇花汁的魔力。在以农业经济为支柱的世界里，将歉收解释为恶精灵干预天时的结果，多少能缓解歉收带来的沮丧。

用蜡烛和油灯照明的时代，夜晚一片漆黑。人们脑海中的黑夜与白昼截然不同。日照时间很长的事实本身就赋予仲夏夜一种魔力。那是一年中最能发挥奇幻思维的夜晚。

忒修斯和希波吕忒从未遇上奥布朗和提泰妮娅。在最初的演出里，这两对男女可能是由两位演员一人分饰二角。这样，好争执的仙王、仙后就成了订有婚约的王族男女的分身，代表了他们隐秘的内心世界。这种对应难免让人怀疑雅典人与亚马孙人的这场联姻是否真能带来幸福。事实上，奥布朗就曾指责提泰妮娅诱引忒修斯"趁夜色朦胧"抛弃了"他强暴的珀里顾涅"，还使这位属于白昼的公爵背弃了一连串情人。莎士比亚喜欢先设置一个对照（antithesis），再将之推翻。他以此暗示，白昼与黑夜并非截然不同：忒修斯的性道德或许和与人私通又占有孩童的提泰妮娅一样可疑。[1]

《仲夏夜之梦》里的权威人物代表了为政治力量充斥的白昼世界，却未能赢得多少同情。对恋人们而言，在树林中或许造成了身份混乱，但至少可以规避伊吉斯安排的包办婚姻。观众们最感兴趣的倒不是那些王公贵族，而是喜欢恶作剧的"好人儿"罗宾，以及妙不可言的织工波顿。这两个人物都以特有的方式体现出一种戏剧精神，正是这种精神让最荣耀、最"莎士比亚"的一切充满生机。莎士比亚致力于戏剧事业，生活在幻觉与伪装的世界中，而这些幻觉与伪装又直击最深刻的真理。他知道，他所处的世界，究其本质是与人称梦幻、魔力的"异世界"和谐统一的。

---

[1] 提泰妮娅与人私通只是奥布朗的说辞。——译者附注

　　罗宾，也即帕克，将凡人比作拙劣露天表演中的丑角。因为推动情节发展的催情花汁由他分配，他有权以该剧的作者自居。波顿呢，从一个层面看是蹩脚演员。他在排练和出演《皮刺摩斯与提斯柏》时的表现，均说明他尚未真正理解剧场游戏的规则。但从另一个更深的层面看，他又是真正的戏剧天才，天生具有儿童那种暂停怀疑的本领。出演皮刺摩斯时，他的演技相当拙劣；可扮演驴子时，他的表现却截然不同。《皮刺摩斯与提斯柏》之所以缺乏笑点，是因为演员们不停地告诉观众，他们**没有**变成自己饰演的角色。与此相反的是，波顿变身驴子类似于那些出色的伪装——《皆大欢喜》（*As You Like It*）里的罗瑟琳（Rosalind）变成甘尼米（Ganymede）[1]、《第十二夜》（*Twelfth Night*）中的薇奥拉（Viola）变成西萨里奥（Cesario），这是莎士比亚一方面在提醒我们自己身处剧场（演员必定乔装打扮），一方面在帮助我们"忘却"自己身处何方（因为我们自愿暂停了怀疑）。经由这种"忘却"，我们参与了神秘的奇幻思维过程。我们这些观众也像波顿一样，可以说"俺见到一个怪得出奇的幻象"。

　　莎士比亚最初的观众里有很多人熟悉《圣经·新约》，或许他们会把波顿讲述的梦视为一个带有滑稽的感官错乱特征的典故，它暗指了《哥林多前书》中的一个名段。圣保罗（St. Paul）在那段话中提及人类踏进天国时，等待他们的会是人眼未曾得见、人耳未曾听闻的荣耀。在莎士比亚烂熟于心的日内瓦版《圣经》里，这段话还描述了人类的灵魂如何"参透了神深奥的事"。[2] 耶稣说为了进入他的王国，人必须让自己像个孩童。戏剧王国的情形也是如此。波顿正因拥有随遇而安、信任一切的童

1　甘尼米（Ganymede）：亦译"伽倪墨得"或"刚尼密"，是特洛伊城的少年，俊逸非凡，众神之王宙斯（Zeus）化作雄鹰将其劫到奥林波斯山，让他为诸神斟酒。也有神话说他成了宙斯的恋人。——译者附注

2　日内瓦版《圣经》里此句提及的"灵魂"是圣灵，并非人类的灵魂。——译者附注

心，才获赐他所见的幻象。与此同时，莎士比亚又提供了成人版天堂的危险意象：织工或许天真无邪，仙后却是性经验的化身。"童贞女王"伊丽莎白被誉为英格兰的"仙后"，《仲夏夜之梦》的剧情发生的树林里有"九宫格棋"[1]和英国野花，较之雅典森林斧凿痕迹更重，因而塑造欲火炎炎的提泰妮娅必有潜在的政治风险。莎士比亚让奥布朗提及贞洁的伊丽莎白——"端坐于西方王座的美貌童贞女"，可能是为了预防有人将提泰妮娅与现实中的"仙后"画上等号，他知道后者或许哪天就会观赏此剧。

《仲夏夜之梦》的趣味与魅力都赖于某种脆弱性。优秀的喜剧与悲剧仅有一线之隔，仙子们的魅力若未附着于某种也许会变得怪诞的倾向，就难免显得多愁善感。它们在可能变得极其可憎时才能取信于人。戴着驴头的波顿向仙后示爱的场景当然会让我们忍俊不禁，[2]但莎士比亚有意使这个意象近于兽奸。他最喜欢的书是奥维德（Ovid）[3]的《变形记》（Metamorphoses），此书也是《皮剌摩斯与提斯柏》故事的来源。书中写到兽性大发之人如何受到惩戒，变作野兽。在莎剧中，戴驴头只是玩笑，但在当时的剧作中，这是最接近于在舞台上实现人变兽的做法。

在崇尚理性的罗马，奥维德是个伟大的反空想主义者，是罗马的奇幻思想家。他以变形——变化的无可避免为作品主题，《变形记》的第十五卷采用毕达哥拉斯（Pythagoras）[4]的哲学视角，对这个主题作了巧妙的论述。莎士比亚从这一卷获得了许多象征世事无常的意象，它们会在

---

1 九宫格棋（nine men's morris）是一种源于罗马帝国的棋盘战略游戏。——译者附注

2 实际上波顿并未这么做，热情的仙后在侧，他惦念的却是干草。——译者附注

3 奥维德（前43—17），生活在屋大维（Octavius）治下的罗马诗人，莎士比亚对他的《变形记》甚是喜爱，在早期悲剧《泰特斯·安德洛尼克斯》（Titus Andronicus）中还让此书成为推动情节发展的道具。——译者附注

4 毕达哥拉斯（约前580—约前500），古希腊哲学家、数学家，他曾建立一种以灵魂转世为主要教义之一的宗教。——译者附注

他的十四行诗里不断出现，但在《仲夏夜之梦》中，他赞美的是黑夜视角与第二视野的持久致变力。

黑夜属于幻象和爱情，人在黑夜中可以放纵自己最不切实际的希望，也必须面对最可怕的梦魇。树林里的情节填补了忒修斯与希波吕忒二人订立婚约与举行婚典的时间空隙。它也是年轻恋人们的过渡期，是使他们更为成熟、发现真我与真爱的时段。赫米娅、拉山德、海丽娜与狄米特律斯从仲夏夜的迷狂中醒转后，不明白发生了什么事："我觉得我看东西时，双眼不能聚焦，/好像什么都有重影。"他们也无法确定自己最终是否得到了意中人："我觉得狄米特律斯好似一颗宝石，/像是属于我，又不像属于我。"但在清冷的晨光中追忆，夜间奇遇已经带来了重大变化，它将恋人们引至一个比他们之前身处的宫廷更为真纯的所在。或许是因为亚马孙女王希波吕忒本为"异乡人"，是雅典"文明"世界里的局外人，她最明白这样的道理：

> 他们所说的夜间经历，
> 还有他们的想法一起改变的事实，
> 都证明那不全是幻觉，
> 反倒很有几分像实情，
> 但无论真假，这事的确离奇古怪。

参考资料

剧情：伊吉斯命其女赫米娅嫁与狄米特律斯为妻，可她已与拉山德两情相悦，因而拒不从命。她的闺蜜海丽娜爱慕狄米特律斯，也曾为他所爱，但狄米特律斯对她的热情已然冷却。忒修斯公爵根据雅典律法给赫米娅四天时间来遵从父命，否则就要将她处死，或是关进修道院。为了逃避苛酷的法律，赫米娅与拉山德逃入树林。狄米特律斯追踪而至，海丽娜尾随其后。树林里的仙王奥布朗因仙后提泰妮娅拒绝将一个印度换儿让给他作侍童与她闹翻，遂授意性喜恶作剧的帕克，也即"好人儿"罗宾，将魔花的花汁挤在睡着的提泰妮娅眼上，让她爱上醒来后看见的第一个生物。奥布朗试图让狄米特律斯与海丽娜言归于好，命罗宾趁他入睡、海丽娜又恰在近旁时，将花汁挤在他眼上，但罗宾误将拉山德认作狄米特律斯，使拉山德爱上了海丽娜，这令海丽娜感到受了嘲弄。为了纠正错误，罗宾将花汁挤到狄米特律斯眼上，结果他也爱上了海丽娜。两个青年人为争夺海丽娜大打出手，赫米娅则与海丽娜吵得不可开交。提泰妮娅入睡时，彼得·昆斯正好领着一群雅典手艺人到树林来排练准备在忒修斯公爵与亚马孙女王希波吕忒婚典上演出的剧目。罗宾将一个驴头套在织工波顿头上，提泰妮娅受催情花汁影响爱上了波顿。最终一切都恢复正常，几位手艺人也上演了他们那出诙谐而悲惨的戏《皮剌摩斯与提斯柏》。

主要角色：（列有台词行数百分比/台词段数/上场次数）波顿（12%/59/5），忒修斯（11%/48/3），海丽娜（11%/36/5），"好人儿"罗宾（10%/33/6），奥布朗（10%/29/5），拉山德（8%/50/5），赫米娅（8%/48/5），提泰妮娅（7%/23/5），狄米特律斯（6%/48/5），昆斯（5%/40/4），弗鲁特（3%/18/4），伊吉斯（3%/13/3），希波吕忒（2%/14/3）。

语体风格：诗体约占80%，散体约占20%。用韵相当频繁，包括《皮剌摩斯与提斯柏》中刻意写烂的诗。

创作年代: 弗朗西斯·米尔斯(Francis Meres)[1]1598 年开列的莎剧列表曾提及该剧。第一幕第二场中言及朝臣畏惧舞台上的假狮,暗指 1594 年 8 月间发生在苏格兰的事[2]。该剧的文体与《理查二世》(*Richard II*)、尤其是《罗密欧与朱丽叶》(*Romeo and Juliet*)等诗剧酷似,传统认为这些剧作创作于 1595 至 1596 年间,那是莎士比亚所处的伊丽莎白王朝的鼎盛时期。通常认为该剧是在一场贵族婚典这样的私人场合首演,这是毫无根据的,因为伊丽莎白时期的婚礼等庆祝活动上一般会安排假面剧之类的娱乐活动,而非上演一整部戏。

取材来源: 该剧的主要情节貌似没有直接来源,这对莎士比亚而言很不寻常。皮剌摩斯与提斯柏的故事主要源于奥维德的《变形记》第四卷。该剧的情节结构和罗密欧与朱丽叶的故事非常接近,莎士比亚大约是在同一时期将后者改编为戏剧。从整体上看,该剧吸收了莎士比亚涉猎的多种资料:大量援引了奥维德笔下的神话故事,使用了普卢塔克(Plutarch)所著、托马斯·诺思(Thomas North)爵士翻译的《希腊罗马名人传》里的一些信息,还显示出受到约翰·黎里(John Lyly)[3]的喜剧的影响(尤其是《恩底弥翁》[*Endimion*]里的梦境和《加拉西亚》

---

1 弗朗西斯·米尔斯(1565/6—1647),英国教士、作家。他的作品中有对早期莎剧的评论。——译者附注

2 1594 年 8 月 30 日,苏格兰国王詹姆斯六世(James VI)宫中为庆祝亨利王子受洗大张筵席,还安排了不少节目助兴,其中一项就是让一名黑人将一辆战车拉进大厅。拉车的本该是头雄狮,但考虑到已经驯化的狮子受到火把的刺激仍可能恢复凶暴的本性,令列席的权贵受惊,才让黑人取而代之。——译者附注

3 约翰·黎里(1554—1606),英国诗人、剧作家、政治家,代表作有《尤弗伊斯:才智的剖析》(*Euphues: The Anatomy of Wit*)、《尤弗伊斯及其英国》(*Euphues and His England*)等。——译者附注

[*Gallathea*] 里贵族与手艺人互动的情节），并有乔叟（Chaucer）[1] 故事的印记（恋人们在忒修斯宫廷的情节与《骑士的故事》[*The Knight's Tale*] 相类，与"精灵女王"共寝之梦或许来自《索帕斯爵士的故事》[*The Tale of Sir Thopas*]），波顿变形的情节可能来自古罗马小说家阿普列尤斯（Apuleius）[2] 的《金驴记》（*The Golden Ass*，威廉·埃德林顿 [William Adlington] 的英译本于 1566 年问世）。

文本： 1600 年出版的四开本，"由陛下之仆从宫内大臣剧团多次献演"，似乎是按莎士比亚的手稿或该手稿的准确誊抄本排版。1619 年重印（第二四开本）。第一对开本的文本是根据第二四开本排版的（，因此保留了它的许多更正与错误），但部分参考了一份直接源于剧场的独立手稿，手稿提供了外加的舞台说明、一些更正，还有几处修改的痕迹，最大的改动是对人物的精简：将四开本里的菲劳斯特莱特改成仅在第一场出现的默角，在最末一场中让伊吉斯承担介绍娱乐节目的宴乐官职司（观众或有机会感受到他和他排斥的新女婿拉山德之间的紧张关系）。我们的版本保留了这一创新，也保留了第一对开本的许多局部更正与拼写现代化处理，但对几乎可以肯定是排字工失误造成的许多单词误排、词句省略或词序颠倒，而非校勘者基于剧院手稿所做更动的，仍采用四开本文本。

乔纳森·贝特（Jonathan Bate）

1　乔叟（1343—1400），英语诗歌之父，同时也是炼金术士、天文学家、外交家，有《坎特伯雷故事集》（*The Canterbury Tales*）等作传世。——译者附注

2　阿普列尤斯，即卢修斯·阿普列尤斯（Lucius Apuleius，124/125—2 世纪末），古罗马哲学家、修辞学家、作家。他的《金驴记》讲述的是罗马帝国时期的堕落青年鲁巧（Lucius）如何误吞魔药变成毛驴，历尽磨难，最终服食埃及女神伊西斯（Isis）的玫瑰花环恢复人身，随后皈依伊西斯教的故事。——译者附注

仲夏夜之梦

忒修斯，雅典公爵

希波吕忒，亚马孙女武士族的女王，与忒修斯订有婚约

伊吉斯，雅典朝臣，赫米娅之父

拉山德，爱慕赫米娅

赫米娅，爱慕拉山德，但其父命其嫁与狄米特律斯为妻

狄米特律斯，爱慕赫米娅，一度为海丽娜的追求者

海丽娜，爱慕狄米特律斯

彼得·**昆斯**，木匠，业余剧团团长，担任插剧的**致辞者**

尼克·**波顿**，织工，在业余演出中饰演**皮剌摩斯**[1]

弗朗西斯·**弗鲁特**，风箱修理工，在业余演出中饰演**提斯柏**

斯纳格，细木工，在业余演出中饰演**狮子**

汤姆·**斯诺特**，补锅匠，在业余演出中饰演**墙**

罗宾·**斯塔佛林**，裁缝，在业余演出中饰演**月光**

奥布朗，仙界之王

提泰妮娅，仙界之后

"好人儿"**罗宾**，亦称帕克，服侍奥布朗的精灵

豆花
蛛网 ⎫
飞蛾 ⎬ 服侍提泰妮娅的仙子
芥子 ⎭

菲劳斯特莱特，忒修斯的廷臣[2]

忒修斯宫中的其他侍从；服侍奥布朗的其他仙子

1　皮剌摩斯（Pyramus）：希腊神话中小亚细亚的河神，与河川神女提斯柏（Thisbe）相爱。——译者附注

2　在四开本（Quarto）剧文中，菲劳斯特莱特是介绍娱乐节目的宴乐官，在最后一幕出现；在对开本（Folio）中，由伊吉斯介绍节目，菲劳斯特莱特在第一场出现，没有台词。

第一幕

第一场 / 第一景

雅典

忒修斯[1]、希波吕忒[2]与菲劳斯特莱特及众侍从上

忒修斯　　　美丽的希波吕忒，你我婚期将至，
　　　　　　过四个吉日[3]就有新月升起。
　　　　　　哦，这旧月残得可真慢，
　　　　　　耽搁了我美梦成真的时间，
　　　　　　它像个继母、遗孀，
　　　　　　久久空耗着应属青年人的财产。

希波吕忒　　四个白日很快会变成四个黑夜，
　　　　　　四个黑夜又会很快于睡梦中消逝。
　　　　　　而后一弯明月就会像新张的银弓，
　　　　　　高悬天际，见证你我
　　　　　　缔结良缘之夜。

忒修斯　　　菲劳斯特莱特，去。
　　　　　　鼓动雅典的青年男女纵情欢乐，
　　　　　　唤醒活泼、轻捷的愉悦精灵，
　　　　　　把忧愁和悲伤赶到葬礼上去。
　　　　　　婚典上的宾客哪能面色惨白。

　　　　　　　　　　　　　　　　　　　　　菲劳斯特莱特下

1　忒修斯（Theseus）：希腊神话中征服了亚马孙女武士部族的雅典国王。
2　希波吕忒（Hippolyta）：神话中的亚马孙女王，为忒修斯所俘。
3　四个吉日（Four happy days）：实际上剧情只持续了两天一夜。

希波吕忒，我曾用利剑追求你，[1]

在侵害你时赢得你的垂青，

而今要换一种格调迎娶你，

我要举行盛典，公开庆祝，普天同庆。

伊吉斯、其女赫米娅[2]、拉山德[3]与狄米特律斯[4]上

伊吉斯 参见忒修斯公爵，愿您吉祥喜乐！

忒修斯 谢谢，好伊吉斯，有什么事啊？

伊吉斯 说来真是气死人，微臣特来请您评理。

微臣要状告不孝之女，就是小女赫米娅。

狄米特律斯，过来。尊贵的殿下，

微臣有心招这位做东床快婿。

拉山德，过来。仁慈的公爵，

这小子，却害得息女鬼迷心窍。——

就是你，拉山德，你小子给她写情诗，

和她交换什么爱情信物，私订终身，

还敢趁着月色到她闺房窗外，

拿腔拿调，假惺惺地唱情歌，

令她对你暗生情愫。

你送她用自己头发编结的手串，

以指环、珠子、饰品、花哨物件、

1　希波吕忒是在忒修斯与亚马孙族女武士交战时被俘的。

2　赫米娅（Hermia）：亚里士多德（Aristotle）臭名昭著的情妇之名，或派生自Hermione（赫耳弥俄涅）一词。赫耳弥俄涅为特洛伊的海伦（Helen of Troy）之女。

3　拉山德（Lysander）：派生自Alexander（亚历山大）一词。亚历山大为拐走海伦的帕里斯（Paris）之别名。

4　狄米特律斯（Demetrius）：在普卢塔克所著、诺思翻译的《希腊罗马名人传》和莎士比亚的早期悲剧《泰特斯·安德洛尼克斯》中都有名为狄米特律斯的恶棍。

　　　　　　小摆设、小玩意儿、小花束、甜食蜜饯之类
　　　　　　容易让天真少女动心之物为说客，
　　　　　　刁滑地窃据了小女的芳心，
　　　　　　她原本对我孝顺恭敬，
　　　　　　如今却执迷不悟。——仁慈的公爵，
　　　　　　倘若她不肯当着您的金面
　　　　　　在此答应嫁与狄米特律斯为妻，
　　　　　　微臣便祈请雅典律法[1]，
　　　　　　赐微臣处置亲生女儿的权力，
　　　　　　或是将她许配给这位贵公子为妻，
　　　　　　或是立即将她依律处死。

忒修斯　　　你怎么说，赫米娅？美丽的姑娘，
　　　　　　可知令尊于你好比神明，
　　　　　　你的美貌为他所赐，不错，你只是他
　　　　　　留在软蜡上的印记。
　　　　　　他有权决定
　　　　　　是保留它，还是毁了它。
　　　　　　狄米特律斯是位可敬的绅士。

赫米娅　　　拉山德也是啊。

忒修斯　　　话虽不假，
　　　　　　可此事尚需令尊首肯，
　　　　　　如此看来他就比狄米特律斯略逊一筹。

赫米娅　　　家父能按奴家的眼光挑人就好了。

忒修斯　　　应当说是你该按照他的心意挑人。

赫米娅　　　请殿下恕罪。

1　律法：原文 privilege，意为"特权"，据上下文译作"律法"。——译者附注

奴家不知缘何如此大胆，
也不知在此剖明心迹，
于自家清誉有何损伤。
但请殿下明示，就眼下情形，
奴家若不嫁与狄米特律斯为妻，
最糟会是什么下场。

忒修斯　不是受死，就是受罚去过
与男子永世隔绝的生活。
所以呢，美丽的赫米娅，你考虑考虑自身的欲求，
你青春年少，热情洋溢，
若要罔顾令尊之言，可须想清楚，
自己能否忍受一袭修女袍服，
至死困居阴暗的修道院，
对着不毛的冷月苦唱赞歌，
作为出家人无嗣而终。
那些自我克制，
以少女之身隐修之人，自然多蒙天佑，
但常人之福还是让玫瑰变精油芬芳长驻，
而不致纯洁地凋萎于荆棘枝头，
从生至死沉浸于蒙恩的孤独。

赫米娅　大人，奴家就这么自开自谢吧，
奴家不愿让这贵人
享用自己的清白之身，他要给奴家的羁绊，
奴家不甘领受。

忒修斯　你好好想想，等下个新月升起——
本王与爱人
结为百年之好那天——

	你再决定是违抗父命，
	领罪赴死，
	还是如他所愿委身下嫁狄米特律斯，
	或是在狄安娜[1]祭坛前立誓，
	永保童贞，矢志清修。
狄米特律斯	可爱的赫米娅，听话。——拉山德，
	放弃你贪慕的东西，它是我的。
拉山德	狄米特律斯，你既蒙她父亲器重，
	就让我保有赫米娅，你去和他结婚吧。
伊吉斯	出口伤人的拉山德！你说得对，我就是青睐他。
	我拥有的一切，我都会交给自己青睐的人，
	她是我女儿，我对她享有的权利，
	我全都交给狄米特律斯。
拉山德	大人，小人和他一样出身高贵，
	一样饶有资财，还爱得比他深。
	论及各方面条件，小人就算没胜狄米特律斯一筹，
	也不会比他逊色。
	更何况，除此之外，
	小人还是美丽的赫米娅的真爱。
	那小人何不坚持自己的权利？
	至于狄米特律斯，小人敢当面说他
	追求过奈德之女海丽娜[2]，
	赢得了她的心吧。那个可爱女人，
	她恋慕着，痴恋着，死心塌地地爱着

1　狄安娜（Diana）：罗马神话中的月神与狩猎之神，亦为贞节之神。

2　海丽娜（Helena）：或以特洛伊的海伦命名。

这个劣迹斑斑的花心鬼。

忒修斯	说真的，此事本王确有耳闻，

还想与狄米特律斯谈谈，

可自家事情一多，

就给忘了。狄米特律斯，过来，

你也来，伊吉斯，与本王同行。

听听本王的私人忠告。

至于你呢，美丽的赫米娅，你务必做好准备，

遵照令尊的意旨行事，

否则雅典律法必将对你严惩不贷，

不把你处死，也要令你发誓独身。

我们也无法为你通融减罪。——

来，我的希波吕忒，你都好吧，亲爱的？——

狄米特律斯、伊吉斯，来吧。

本王有些婚礼筹办方面的事

需各位出力，还想与你们商量几桩

与你们息息相关的事。

伊吉斯　　遵命。　　　　　　　　　*除拉山德与赫米娅外众人下*

拉山德　　亲爱的，怎么啦？脸色这么苍白？

你颊上的玫瑰怎么谢得这么快？

赫米娅　　怕是缺少雨露滋养，我有的是滂沱泪雨

来把它们浇灌。

拉山德　　我曾涉猎的群书，

听过的故事和史实，

都说真爱路上无坦途，

要么是贵贱有别——

赫米娅　　哦，倒霉！门第太高无法为爱臣服。

拉山德	或是生不逢时，年齿悬殊——
赫米娅	哦，头疼！老少参差难成佳偶。
拉山德	再不，就是得听任亲朋¹拿主张——
赫米娅	嗨，见鬼！得按旁人的眼光挑爱人。
拉山德	即便挑对了人，
	战争、死亡、疾病也可能将爱重重围困；
	令它像声音一样转瞬即逝，
	又飘忽如影，短促如梦；
	疾如暗夜闪电，
	刹那间照亮天地，
	不等人说"看哪！"
	就被黑夜的巨口吞噬，
	光明就此迅速地殒于黑暗。
赫米娅	如果真心相爱之人总要遭受阻挠，
	如果这就是命运的裁断，
	是屡见不鲜的磨难。
	像思念、梦想和叹息，
	像憧憬和眼泪，时时与爱为伴。
	那我们两个可怜的追梦人，就耐心忍受考验吧。
拉山德	很有道理。且听我说，赫米娅，
	我有个寡居的姑妈，
	她进项颇丰，膝下却无人承欢，
	因而视我为独子，百般钟爱。

---

1 亲朋：原文 merit，四开本作 friends（亲戚），merit 为对开本中的更正。有些校勘者猜测两
  种文本都有误，这行台词应作 Or merit stood upon the choice of friends（或是朋友们认可的
  优长）。

她家离雅典不过七里格¹，

温柔的赫米娅，到那儿我就能娶你了。

在那儿，雅典的严刑酷法

对我们鞭长莫及。如果你爱我，

明晚就偷偷离开父亲家，

到离城一里格的树林去，

就是依五朔节风俗²

我与你和海丽娜清早会面的地方，

我会在那儿等你。

赫米娅　　　好拉山德，

凭丘比特³最硬的弯弓，

和他最锐利的金头箭⁴，

凭维纳斯鸟⁵的纯洁，

凭结合心灵、加深爱意的一切，

凭迦太基女王目睹背信的特洛伊人扬帆离去，⁶

点燃的自焚之火，

凭天下男人背的誓，

它的数目超出古往今来女子的言辞，

我对你发誓，明日我一定在你说的地方，

1　七里格（seven leagues）：大约相当于 21 英里。里格作为长度计量单位在英格兰并不常用，
　　但不时见诸文学作品。——译者附注
2　当时的姑娘们会在五朔节清晨进森林采集花朵和朝露，并用露水洗脸，据说这样能使肌肤白
　　嫩。——译者附注
3　丘比特（Cupid）：罗马神话中的爱神。
4　即引发爱情的箭。丘比特的铅箭据信能激发厌憎。
5　鸟：原文 doves，指给维纳斯（Venus）拉车的鸽子，是忠贞的象征。
6　特洛伊人埃涅阿斯（Aeneas）落难之时得蒙迦太基寡后狄多（Dido）收留，并赢得她的爱情，
　　最终又背弃她，使其在柴堆上自焚身亡。

	等着与你见面。
拉山德	亲爱的，一言为定。瞧，海丽娜来了。

海丽娜上

赫米娅	天神保佑，美丽的海丽娜，你上哪儿去？
海丽娜	你说我美？别这么说，
	狄米特律斯钟情于你的美貌，哦，幸运的美貌！
	你的眼是北极星，你的话是妙乐，
	比麦苗青葱、山楂树吐蕾时，
	牧人耳畔的云雀啁啾更动听，
	既然疾病会传染，哦，多希望美貌也一样，
	美丽的赫米娅，我离开之前，要学会你的言语，
	我的耳要记住你的嗓音，我的眼要效法你的目光，
	我的舌端要如你那般曼吐清音。
	即使我拥有全世界，只要缺了狄米特律斯，
	我还是宁可用一切交换变成你的机会。
	哦，教教我你是怎样顾盼生姿，用什么招数
	让狄米特律斯心摇神荡。
赫米娅	我冲他蹙眉，可他还是爱我。
海丽娜	哦，真希望我的微笑与你的颦蹙效果相当！
赫米娅	我咒骂他，但他依然爱我。
海丽娜	哦，真希望我的祷告也能这般引动柔情！
赫米娅	我越是讨厌他，他越是穷追不舍。
海丽娜	我越是爱他，越是惹他讨厌。
赫米娅	海丽娜，犯傻的人是他，错不在我。
海丽娜	不，是你的美惹的祸，多想这是我的错！
赫米娅	放心吧，他再也不会见到我。
	我要和拉山德逃离此地，

在我遇见拉山德之前，

雅典就是我的天堂。

哦，后来，不知我的恋人有什么魔法，

居然把这个天堂变成了地狱！

拉山德 海伦 [1]，不瞒你说，

我们打算明晚等福柏 [2] 在水镜

照见她的银面，

用露珠妆点草叶尖尖，

私奔恋人好隐藏形迹时，

就溜出雅典城。

赫米娅 我俩一向

以那儿的浅色樱草花为床。

躺着说知心话的林子，

就是我和拉山德的会面之所。

我们将从那儿出发，

掉头去别处寻找新朋友、新 [3] 伙伴，

再会，亲爱的玩伴，为我们祈祷吧。

愿你时来运转，得到狄米特律斯的爱！——

那就说好了，拉山德，我们要按捺思念，

待到明日午夜再见。 下

拉山德 好的，我的赫米娅。——再会，海丽娜。

愿狄米特律斯也爱你，就像你爱他那么深！ 下

海丽娜 为什么有的人就能率先走运？

---

1 海伦（Helen）为海丽娜（Helena）的昵称。——译者附注

2 福柏（Phoebe）：罗马神话中月神的别名。

3 新：原文 strange，意指"外省的、外地的"。——译者附注

雅典人都认为我长得和她一样美，

是又如何？狄米特律斯不这么看。

他不想知道人尽皆知的事，

如果他爱赫米娅的明眸有错，

我爱他的俊逸无俦也是不对，

即便外表粗俗卑贱，一无是处，

爱情也能让它变得高贵堂皇。

爱情视人不用眼，而用心，

因而生翼的爱神丘比特总被画作瞎子 [1]。

爱神本身也全无判断力，

有翅无眼，是莽撞的象征。

他之所以被当成孩子，

是因为他常常误点鸳鸯谱。

嬉戏的顽童们会改口背信，

爱神这孩子也处处受骗。

狄米特律斯认识赫米娅之前，

曾经山盟海誓，说对我情有独钟，

可一见赫米娅，他的金玉鸳盟

就如冰雹遇热，雪释冰消。

我告诉他美丽的赫米娅要出逃，

他明晚就会去林子寻她，

就算他会因我报信心生感激，

我依然代价惨重 [2]，

---

1 丘比特通常被画为盲童。

2 代价惨重：原文 dear expense，意指"值得付出的努力/所要付出的巨大代价（因狄米特律斯将追求赫米娅）/（狄米特律斯）不情不愿的感激"。

到那儿见了他再回来，

更会让我痛苦万分。 下

第二场 / 第二景

木匠昆斯[1]、细木工斯纳格[2]、织工波顿[3]、风箱修理工弗鲁特[4]、补锅匠斯诺特[5]、裁缝斯塔佛林[6]上

昆斯 咱们的人齐了吧？

波顿 你顶好按名单[7]笼统地[8]挨个点名。

昆斯 这张是总名单，雅典人都认为，要在公爵跟公爵夫人成亲那晚表演咱们的插戏，名单上的弟兄再合适不过了。

波顿 第一，好彼得·昆斯，先说这戏讲的是啥，再念念演员的名儿，也好说正事。

昆斯 圣母马利亚在上，咱们的戏名叫《一出最可悲的喜剧，

---

1 昆斯（Quince）：此名很可能派生自木匠用的木楔子（quines 或 quoins）。

2 斯纳格（Snug）：此名意为"密实的"，很适合这个人物的细木工（制家具的匠人）身份。

3 波顿（Bottom）：意指织工用于缠纱线的线轴，也指线团，没有现代英语中的"屁股"之义。

4 弗鲁特（Flute）：意指带槽管、依靠风箱运作的教堂风琴，或许弗鲁特的嗓音尖细、高昂。

5 斯诺特（Snout）：这个角色可能长着个大鼻子。有些校勘者推测此名意指有时需要补锅匠修理的水壶壶嘴，但 16 世纪的水壶并无壶嘴。

6 斯塔佛林（Starveling）：裁缝的瘦削人尽皆知，英谚有云：Nine tailors make a man（九个裁缝抵一汉）。——译者附注

7 名单：原文 scrip，意指"纸片／写好的东西"。该词没有现代英语中的"剧本"之义。

8 笼统地：原文 generally，是 severally（也即 individually，意为"挨个"）之误。

　　　　　　　　皮刺摩斯和提斯柏的惨死》。

波顿　　　　这是一出好戏，俺敢打包票，它还很搞笑呢。哎，好彼得·昆斯，照名单念念角儿的名字。各位，大伙们别凑这么近。

昆斯　　　　听到名字就应一声。尼克·波顿，织布的。

波顿　　　　有。先说俺演什么，再接着挨个点名。

昆斯　　　　你，尼克·波顿，定好演皮刺摩斯了。

波顿　　　　皮刺摩斯是什么样儿的人啊？是情郎，还是霸君？

昆斯　　　　是情郎，他为了爱呀，挺勇敢地结果了自个儿的性命。

波顿　　　　要想演得像，还得来几滴眼泪水儿。要是让俺演，看官们可得留神自家的眼睛咯。咱要叫全场放声大哭，咱会装出几分悲痛的样子。接着点名哪——可演霸君才对咱的胃口。俺能把厄克勒斯[1]那种高声怒骂、毁灭一切的角色演得活灵活现。

　　　　　　　　惊人的岩石，

　　　　　　　　令人战栗的惊骇，

　　　　　　　　会将狱门上高挂的

　　　　　　　　重重固锁一震而碎；

　　　　　　　　菲波斯的天车[2]，

　　　　　　　　将自远方大放光明，

　　　　　　　　追上愚蠢的命运之神[3]，

1　厄克勒斯（Ercles）：即希腊神话中最著名的英雄赫刺克勒斯（Hercules），以完成了十二项功绩而著称。

2　菲波斯的天车（Phibbus' car）：指太阳神福玻斯（Phoebus）的马车。

3　命运之神（Fates）：司掌神明与人类命运的三女神，即古希腊神话中宙斯和正义女神忒弥斯（Themis）的女儿克洛托（Clotho）、拉刻西斯（Lachésis）和阿特洛波斯（Atropos），最年幼的克洛托负责掌管未来和纺织生命之线，拉刻西斯负责生命之线的维护，最年长的阿特洛波斯负责掌管死亡和切断生命之线。——译者附注叫她们彻底毁灭。

那才了不得！接着给其他人点名吧。这就是厄克勒斯的范儿，霸君的范儿，情郎还得忧愁点儿。

昆斯　　　弗朗西斯·弗鲁特，修风箱的。

弗鲁特　　有，彼得·昆斯。

昆斯　　　你来扮提斯柏。

弗鲁特　　提斯柏是什么人？是游侠？

昆斯　　　是皮刺摩斯爱的姑娘。

弗鲁特　　不成，说真的，别让咱演娘儿们了，咱都长胡子啦。

昆斯　　　没事儿，你戴面具演，尽量尖声说话。

波顿　　　俺也会把脸遮起来，让俺演提斯柏吧。俺会柔声细气地说，"提斯柏！提斯柏！""啊！皮刺摩斯，小冤家，奴是你的提斯柏，你最亲爱的姑娘！"

昆斯　　　不成，不成，你得演皮刺摩斯。——弗鲁特，你演提斯柏。

波顿　　　好吧，接着点名。

昆斯　　　罗宾·斯塔佛林，裁缝。

斯塔佛林　有，彼得·昆斯。

昆斯　　　罗宾·斯塔佛林，你演提斯柏他娘。汤姆·斯诺特，补锅匠。

斯诺特　　有，彼得·昆斯。

昆斯　　　你演皮刺摩斯他爸。咱演提斯柏她爹。[1] 斯纳格，做细木工的，你扮狮子。咱想这戏份就分完了[2]。

斯纳格　　狮子的台词你写了吗？写好的话，还请给咱瞧瞧，咱记性特差。

1　提斯柏的父母、皮刺摩斯之父这些角色实际上并未出场。

2　分完了：原文 fitted，此处或沿用了细木工业的行话。

昆斯	你不用记词儿，光嚷嚷就成。
波顿	让俺演狮子吧。俺会嚷嚷，管保让大伙儿听了高兴。俺会嚷得连公爵都传口谕，说"让他再嚷！让他接着嚷！"
昆斯	你要是嚷得太吓人，吓坏了公爵夫人和那班太太小姐，害她们尖叫起来，那咱们一准全给吊死。
众	那咱们一准全给吊死，谁也跑不了。
波顿	朋友们，你们说得很对。要是你把太太们吓昏了头，她们肯定不由分说就吊死咱们。不过，俺会把嗓门压得高些[1]，不对，是提得低些。俺能嚷得像吃鸽乳的小鸽子[2]叫唤那么轻，跟夜莺似的。
昆斯	你只能演皮剌摩斯，他长得俊，又特体面，就像你夏天见到的那种人，相貌堂堂，人见人爱，所以让你演。
波顿	成，那咱就扮皮剌摩斯。俺要戴什么胡须？
昆斯	随便。
波顿	演戏的时候，俺要么戴你的稻草色胡须，要么戴黄褐色的那副，或者戴染红的那副，不然就戴法国金币色的，纯黄的那副。
昆斯	有些个法国人分明是秃脑袋[3]，你还是光着脸上吧。各位，这是台词。（分发台词）咱请求你们，恳求你们，要求你们，明晚之前全给记熟喽，咱们借着月光，到城外一英里的禁林碰头，在那儿排练一下。要是在城里排，会

---

1 压得高些：原文 aggravate，为 moderate（压低）之误。

2 吃鸽乳的小鸽子（sucking dove）：原文脚注认为此处是莎士比亚将通常认为安静、温和的抱窝的鸽子（sitting dove）与吮乳的羔羊（sucking lamb）混为一谈，其实新孵出的幼鸽是以亲鸽嗉囊腺分泌的一种富含蛋白质的物质（鸽乳）为食，莎士比亚并未写错。——译者附注

3 脱发是梅毒（亦称"法国病"）的症状之一。

　　有很多人跟着咱们，把咱们想怎么演都泄露了。现在咱来开张单子，把演戏会用到的东西全写上。请各位别误事。

波顿　　俺们一定去。上那儿排练俺们会更淫秽[1]，更大胆。大伙儿下点功夫，争取把这事儿办得漂漂亮亮。再会。

昆斯　　回头咱们在公爵的橡树底下见。

波顿　　中，谁也别放鸽子[2]。　　　　　　　　　　众人下

1　淫秽：原文 obscenely，或为 seemly（得体）或 obscurely（隐蔽）之误。
2　谁也别放鸽子：原文 Hold or cut bow-strings。此为弓箭手的俗语，可能意指"站稳脚跟战斗，要么就割断弓弦束手就擒"。

第二幕

第一场 / 第三景

雅典附近的树林

一小仙自一门上，"好人儿"罗宾[1]帕克自另一门上

罗宾　　　　喂，精灵！你要漫游到哪儿去？

小仙　　　　我飞过了小山、谷峪，

穿过了矮树丛和荆棘，

越过了庭园和围场，

水里来，火里去。

我巡游了各地，

比月儿圆轨[2]的转动更轻快。

我为仙后奔忙效力，

在她草环[3]上缀满露珠晶莹。

高挑的报春花是她的近侍，

身着饰有斑点的黄金衣，

那是众仙示好投赠的红刚玉，

花儿的脉脉清芬在斑点中蕴蓄。

我得在这儿找几颗露珠，

为它们都戴上珍珠耳坠。

再会，你这精灵中的憨货，我得走啦。

1　"好人儿"罗宾（Robin Goodfellow）：通常用此名指称喜爱恶作剧的淘气精灵。

2　圆轨（sphere）：旧时认为星辰等天体都位于周转着的空心轨上。

3　草环（orbs）：即仙女环，指草地上的暗色环形物。

我们仙后和随侍的诸仙即刻就到。

罗宾 今晚陛下要在此地大张筵席。

千万别让王后相见，

奥布朗正在气头上。

仙后从印度国王那儿

偷了一个小王子作侍从，

那是她最最可爱的换儿[1]。

奥布朗见了很眼热，

要他当自己的侍童，随其丛林漫步。

可仙后坚决不肯割爱，

还为小王子戴上花冠，对他万般呵护。

自此不论在清泉畔，

还是在星辉熠熠的丛林、草地，

仙王、仙后见面就彼此恶言相加，

让小仙们心惊胆战，纷纷往橡子壳里藏。

小仙 要是我没认错，

你就是那个既滑头，又淘气的精灵，

名叫"好人儿"罗宾。不就是你

吓唬乡村女郎，

撇掉牛奶上的乳脂，让主妇累得喘不过气

也搅不出奶油。有时你会悄悄替人磨谷，

有时又害酒发不了酵，

你还把夜行者引入歧途，自己躲在一旁偷笑。

谁管你喊"上仙"，唤你声"好帕克"，

你就为谁卖力，让谁交好运。

1　换儿（changeling）：仙女带走的孩子，通常是用仙童交换。

| | 我没说错吧？ |
| **罗宾** | 让你说对啦。 |

我正是那个快活的夜游仙。

我为奥布朗打趣逗笑，哄他开心，

见了膘肥体壮的公马，

我就学小母马嘶鸣，让它信以为真，神魂颠倒。

有时我变作一颗烤山楂，

藏进长舌妇的酒杯，

待她举杯饮酒，我就朝她嘴上啪的一弹，

让整碗麦酒浇在她干皱的脖子上。

有时我变成一张三脚凳，

最世故的大婶刚要落座，开讲最严肃的故事，

我便从她身下溜走，叫她摔个屁股蹲儿，

又是喊"裁缝"[1]，又是咳呛不止，

逗得在场的人全捧腹大笑，

笑到全身无力，打着喷嚏赌咒说

从没这么乐和过。

让开，仙子！奥布朗[2]驾到。

| **小仙** | 我的女主人也驾临了。该让开的是他！ |

仙王奥布朗率扈从自一门上，仙后提泰妮娅[3]率扈从自另一门上

| **奥布朗** | 不巧在月下遇见你，傲慢的提泰妮娅！ |

---

1 裁缝：原文 tailor，为惊呼语。此书校勘者认为这么喊或是因为她坐到了地板上（这是裁缝的常用姿势），或是因为她坐在了自己的"尾巴"上，也即摔了个屁股蹲儿，其实"裁缝"也可能是有背无腿的裁缝椅（tailor's chair）之略，坐这种椅子时的姿势和屁股蹲儿相似。
——译者附注

2 奥布朗（Oberon）：通常用此名指称诸仙之王。

3 提泰妮娅（Titania）：奥维德（Ovid）以此指称月神狄安娜和魔女喀耳刻（Circe）。

提泰妮娅	怎么，是好嫉妒的奥布朗！诸位仙家，速离此地。
	本宫发誓不与他同游共寝了。
奥布朗	且慢，暴躁的泼妇[1]！难道朕不是你夫君？
提泰妮娅	那本宫一定是尊夫人了。可本宫知道
	你过去溜出仙境，
	假扮牧人科林[2]，成天
	吹麦笛，唱情歌，
	与放浪牧女菲莉达[3]调情。今番你不远千里，
	从印度尽头赶来此地却是为何？
	不就是为了那个精力旺盛的[4]亚马孙女王，
	你那穿靴子的情妇、当武士的爱人，
	她要嫁给忒修斯了，你来
	让他们琴瑟和鸣，子孙延绵。
奥布朗	你还好意思讲这种话，提泰妮娅，
	竟然影射朕和希波吕忒不清不白？
	你和忒修斯的私情瞒得了朕？
	还不是你趁夜色朦胧，
	引他离弃他强暴[5]的珀里顾涅[6]？
	还背叛了美丽的埃格勒斯[7]、

1 泼妇：原文 wanton，或亦有"滥交"之义。
2 科林（Corin）：传统的田园诗人物名。
3 菲莉达（Phillida）：传统的田园诗人物名。
4 精力旺盛的：原文 bouncing，或有性意味。
5 强暴：原文 ravishèd，亦有"劫持、抓住"之义。
6 珀里顾涅（Perigenia，有时拼作 Perigouna）：忒修斯杀死她那做强盗的父亲（"扳松贼"西尼斯 [Sinis]）后与她发生了关系。
7 埃格勒斯（Aegles）：忒修斯所爱的仙女。

阿里阿德涅[1]和安提俄珀[2]？

提泰妮娅 这都是你乱吃飞醋，含血喷人。

自仲夏之初，

每当我们在山上、谷中、林里、草上，

在细石为底的水泉边，在灌木丛生的小溪旁，

在卵石遍布的海滩上聚会，

准备和着风儿的呼啸跳环舞，

你就来搅扰我们的雅兴。

风儿见我们无视它的吹奏，

心生怨怼，吸起海中的

毒[3]雾，让它化成瘴雨洒向大地，

让条条小溪满溢，

溪水没过堤岸。

害耕牛白白拉犁，

农夫枉流血汗，青青嫩禾

未生芒须就全数腐烂。

羊栏空了，田地一片汪洋，

瘟羊的尸首养肥了乌鸦。

玩"九宫格棋"[4]的草坂遍是泥泞，

曲径人迹断绝，

野草横生，无从辨认。

---

1 阿里阿德涅（Ariadne）：她帮助忒修斯走出了迷宫，后遭其抛弃。阿里阿德涅为克里特王弥诺斯（Minos）和帕西淮（Pasiphae）之女，淮德拉（Phaedra）之妹，帮助忒修斯杀死了与她同母异父的牛头怪。——译者附注

2 安提俄珀（Antiopa）：被忒修斯诱奸或劫持的亚马孙女子，后遭忒修斯抛弃。

3 毒，原文 contagious，意为"带来瘟疫的 / 有害的"。

4 九宫格棋（nine men's morris）：指在地面上画线、由九人参与的游戏。

这儿的人不办冬日庆典，
夜晚的欢乐颂歌无处可闻。
让司掌潮汐的月亮，
气得面色发白，它使空气充满水分，
导致湿病¹横行。
天时不正让我们目睹
季候之反常：白发寒霜
倒在绯红鲜玫瑰的膝上，
苍老的赫姆斯²在薄冰冠上
顶起夏日香蕾编结的花环，
如同嘲讽。春季、夏季、
丰饶的秋季、狂暴的冬季，都变了
平时的装束，让惊愕的世人
无法凭眼前风物将时节分辨。
凡此种种的祸殃，
皆源于我们的争端，是我俩的不和，
滋生了这一切灾难。

奥布朗　　那你就该设法补救，全看你了。
提泰妮娅为何要惹恼她的奥布朗？
朕只想要那小换儿
当侍童罢了。

提泰妮娅　　请死了这条心吧，
整个仙境也换不到那个孩子。
他母亲是本宫门下信徒，

1　湿病（rheumatic diseases）：感冒等产生液体分泌物的病。
2　赫姆斯（Hiems）：冬季的拟人化称谓。

在芳香四溢的印度之夜，
她常在本宫身旁伴本宫闲谈，
与本宫同坐在海神涅普顿[1]的黄沙上，
点数海上的商旅行船，
一同笑看船帆因狂浪的风受孕，
个个凸起了肚腹。
她当时怀着这个小家伙，
还学帆船的样儿，
在海滩上迈着曼妙轻盈的步子，
为本宫拿取各种零星物什，回来时
犹如海船归航，带来商品无数。
可她原是凡人，临蓐时不幸辞世。
本宫是为她将这孩子抚养，
也是为了她不愿与他分离。

奥布朗	你会在林子里待多久？
提泰妮娅	也许待到忒修斯婚礼结束。
	你若有心与我们共跳环舞，
	看我们在月下嬉戏，就与本宫同行。
	不然，请回避本宫，本宫也不到你的地盘去。
奥布朗	交出那个孩子，朕就跟你走。
提泰妮娅	你用仙国来换也白搭。诸位仙家，走吧！
	再不走，我们就要吵起来了。　　提泰妮娅及其扈从下
奥布朗	好，去你的吧！为了你这回的忤逆，
	朕要在你出林子前教训你一番。
	好帕克，过来。你记不记得

1　涅普顿（Neptune）：罗马神话中的海神。

有一回朕在海岬上坐着，

听见一个骑海豚的人鱼，

用她那珠圆玉润的歌声，

安抚了惊涛翻滚的大海。

几颗入迷的星星跃出轨道，

只为欣享这海女的清音。

罗宾　　　　记得。

奥布朗　　　　就在那时，你虽看不见，朕却看见

手持弓箭的丘比特

在冷月和地球间飞翔。他瞄准

端坐于西方王座的美貌童贞女[1]，

娴熟地开弓射出爱情之箭，

像要让它射穿十万颗心似的。

但我能看见小丘比特那惹动情火的金箭

在如水月华中熄灭，

童贞女王的心波澜不生，

专注于纯洁的冥想，心无旁骛。

我还看到丘比特之箭落在了何处，

它掉在西边的一朵小花上，

那花原是乳白色，为爱所伤就变作紫色，

姑娘们管它叫"三色堇"。

替朕将它采来。朕让你见过它的样子。

无论是男是女，只要睡眼被它的汁液滴到，

就会疯狂地爱上

睁眼后最先看见的生物。

1　童贞女（vestal）：发誓守贞的女子。许多评论者认为这是暗指伊丽莎白一世（至尊的贞女）。

替朕把花采来，在海怪利维坦¹游完一里格前，

必须回来复命。

罗宾　　　　我环游全世界

也只需四十分钟。　　　　　　　　　　　　下

奥布朗　　　花汁一到，

朕就留神等提泰妮娅睡下，

将它滴进她眼中。

她一觉醒来，就会以最狂热的爱情

追求第一眼所见的生物，

不论它是狮子、狗熊、野狼、公牛，

还是添乱的猕猴、好动的无尾猿。

朕还有解除魔力的药草，

但解除魔力之前，

她得先把那孩子让给朕。

有谁来啦？凡人看不见朕，

且听他们要说什么。（他退至一旁）

狄米特律斯上，海丽娜随上

狄米特律斯　　我又不爱你，别跟着我。

拉山德和美丽的赫米娅在哪儿？

我要和拉山德比个高低，但满心都是赫米娅。²

你说他们偷跑到这林子来，

我就赶到此地，可没见着我的赫米娅，

我在林子里都快发疯了。

滚开！你快走，别跟着我！

1　利维坦（leviathan）：犹太教神话中的一种兽，据《圣经》载它将成为海洋的统治者。

2　原文 The one I'll stay, the other stayeth me。有的校勘者将 stay 修改为 slay。

海丽娜	是你引我跟着你的,你这狠心的磁铁! 可你吸的不是铁,因为我的心 有钢那么坚贞。你要是去掉自己的吸引力, 我就无力跟随你了。
狄米特律斯	是我引诱你吗?我对你甜言蜜语啦? 我不是清清楚楚地告诉你, 我不爱你,也不能爱你吗?
海丽娜	话虽如此,也只会让我更爱你。 我是你的西班牙猎狗,狄米特律斯。 你越是打我,我越是讨好你。 就把我当作你的猎狗吧,踢我、打我、 怠慢我、杀死我都好,只要让我跟着你。 纵然我一无是处, 在你的爱情里讨要的地位 还能低于一条狗吗? 可那已经让我如获至宝了。
狄米特律斯	少烦我了。 我一见你就头痛。
海丽娜	我不见你就心痛。
狄米特律斯	真不知羞耻, 竟然离城把自己交付 给不爱你的人处置, 你的贞洁万分宝贵, 还敢在漆黑的夜里 来这种荒郊野地,也不怕遇上麻烦。
海丽娜	你的美德就是我的保障。 我看见你,黑夜也变成白昼,

因而不觉得现在是夜晚。

你在我眼中就是全世界，

我在林子里并非形影相吊。

有全世界人在这儿看着我，

我怎么是孑然一身？

狄米特律斯　我要避开你，躲到丛林去，

随便野兽怎么收拾你。

海丽娜　最凶猛的野兽也没你残酷。

你要逃就逃吧，今后传说都得改写了：

逃的是阿波罗，追的是达佛涅。[1]

鸽子追逐鹰隼，温柔的牝鹿

穷追猛虎。可弱者追求强者，

总是水中捞月一场空。

狄米特律斯　我才不听你啰唆，让我走。

你再敢跟来，相信我，

在这片林子里我可要欺负你了。　　　　↓狄米特律斯下↓

海丽娜　唉，在神庙、在城镇、在田野，

你处处欺负我。呸，狄米特律斯！

你让我受的委屈折辱了所有女性。

我们不能像男人那样为爱与人打斗，

我们该让人追求，不该追求别人。

我矢志追随你，把地狱当作天堂，

即便死在意中人手里也在所不惜。　　　　　　下

奥布朗　再会吧，仙姬！在他离开这林子之前，

1　这颠覆了神话。神话中的达佛涅（Daphne）在被阿波罗（Apollo）追赶时让神把自己变为月桂树，逃脱了遭强暴的命运。

你就会逃避他，他却要来寻求你的爱。

罗宾上

欢迎啊，浪游者！你摘到那朵花了吧？

罗宾 （示花朵）嗯，在这儿。

奥布朗 请把它给朕。
朕知道一处野百里香盛放的山坡，
长满高报春和摇曳的紫罗兰，
茂盛的忍冬为它们张开幔帐，
还有藤月季和多花蔷薇吐露芬芳。
夜晚提泰妮娅会在那儿稍事歇息，
有曼舞轻歌抚慰她在花间安睡。
长虫在那儿蜕下斑斓的皮，
大小足够将一个小仙裹藏。
朕要擦点儿花汁在她眼上，
让她满脑子尽是可憎的幻象。
（给他一些花汁）你带一些去，在林子里寻访
一位见弃于情人的可爱雅典姑娘。
等姑娘到那薄幸男睁眼可见的地方，
就把它涂到他眼上。
他穿着雅典人的衣装，
你须仔细辨识，不得有误。
小心按朕的吩咐办事，
让他对这姑娘的痴情超过姑娘对他的爱意。
头遍鸡鸣时我们再会。

罗宾 放心吧，主上，一切将如您所愿。　　　　同下

第二场 / 第四景

仙后提泰妮娅率扈从上

提泰妮娅　　来，跳一轮仙舞，唱一曲仙歌，

在余下的二十秒内，大家分头行动，

你们几个去消灭藤月季嫩苞里的害虫，

你们几个去和蝙蝠作战，

剥下皮翅来给本宫的小仙们做衣裳，

余下的几个去驱退夜夜啼叫、呆看

我们这班伶俐小仙的猫头鹰。唱歌助本宫入眠吧，

唱完就各忙各的，让本宫稍事休息。（她在堤上躺下）

仙子们唱

仙子甲　　舌尖分岔的花蛇，

扎人的刺猬，别出来。

蝾螈、蜇蛇，莫捣乱，

远离我们大家的仙后。

合唱　　菲罗墨尔[1]，轻启歌喉，

与我们同唱安神曲：

安神，安神，安神曲，安神，安神，安神曲。

灾殃、

符咒、魔法永退散，

让可爱的仙后享平安。

1　菲罗墨尔（Philomel）：意指夜莺。菲罗墨拉（Philomela，即菲罗墨尔）遭姐夫强暴后与姐
　　姐一道报复姐夫，让姐夫误食他儿子的肉，被姐夫追杀时被神变作一只夜莺。

	晚安，入睡吧！
仙子乙	结网的蜘蛛，别过来，
	长脚的蜉蝣快走开！
	黑色的甲虫，别靠近，
	别冒失，小虫和蜗牛。
合唱	菲罗墨尔，轻启歌喉，等等[1]。
仙子甲	去吧！都安顿好了，
	留一个在远处放哨就好。

提泰妮娅入睡。众仙子下

奥布朗上

奥布朗	（挤花汁在提泰妮娅眼上）
	你醒来无论见了谁，
	都会立即将他爱，
	为他苦把相思害。
	不论是猞猁、山猫、大狗熊，
	还是豹子、毛蓬蓬的大野猪，
	等你醒来瞧见了，
	都会成你的心头爱，
	你且待丑怪近前再把眼开。

下

拉山德与赫米娅上

拉山德	好人儿，你在林中东奔西走，都快累晕了。
	说实话，我不记得路了。
	要是你答应，赫米娅，我们就休息一下，
	等天亮再说。[2]

1　等等：原文 etc.，指合唱部分须重复一遍。

2　原文 tarry for the comfort of the day。本书校勘者认为此句是指等凉快下来再说，其实是指等天亮，光线足够人们看清道路了再说。——译者附注

赫米娅	就依你，拉山德。你自己找地方睡吧，
	我要在这草堤上安歇。
拉山德	一块草地足够你我安枕。
	两个胸膛一条心，正该合睡一眠床。
赫米娅	不，亲爱的拉山德。为了我，亲爱的，
	躺远些，别挨这么近。
拉山德	哦，亲爱的，别误会，我没有邪念！
	恋人应当能听懂彼此的话。
	我是说你我心心相印，
	不分彼此。
	两人的胸臆由盟誓联结，
	同怀一片赤忱。
	就让我睡在你身边吧，
	我这样躺在你身旁，赫米娅，不是要带坏[1]你。
赫米娅	拉山德真会说话。
	要是赫米娅担心拉山德起歹心，
	愿她从此尽失颜仪。
	可是，好朋友，考虑到爱情和礼数，
	还请睡远些吧。按世人的礼法，
	如此保持距离
	对洁身自好的未婚男女最为相宜。
	那么远就行了。晚安，亲爱的朋友。
	愿你的爱永远不变，直到宝贵的生命停息！
拉山德	哦，我为你美好的祝祷应声阿门！阿门！
	我若变心就一命呜呼！

1　带坏：原文 lie，与 lie down（躺下）构成谐音双关。

这是我的眠床。愿睡眠给你一切安适！

赫米娅　　　愿许愿者分享一半安适！（他们入睡）

罗宾上

罗宾　　　　林子我已都寻遍，

雅典人还未曾入眼，

我要把花汁滴在他眼上，

验证它激发的爱情力量。

（看见拉山德）

夏夜静悄悄——谁在这儿？

他一身雅典人衣装。

我主公说的正是他，

狠心冷落那美娇娃。

她在这边倒睡得香，

全不顾地上湿又脏。

美丽的姑娘！她竟不敢

挨近这负心汉、薄情郎。

（滴花汁于拉山德眼上）

恶棍！我已在你眼上

施下迷药的全部魔力。

等你醒来，爱情就会

让你今后夜不成眠。

等你醒来我早已远走，

奥布朗还盼着与我碰头。　　　　　　下

狄米特律斯与海丽娜奔上

海丽娜　　　你杀了我算了。请留步，亲爱的狄米特律斯。

狄米特律斯　我叫你走开，别这样缠着我。

海丽娜　　　哦！你要把我丢在黑暗中吗？请别这样。

狄米特律斯	站住！不然就叫你活不成。我要独个儿走。	下
海丽娜	哦！这番痴心追赶累得我快断气！	

我越是百般求告，越是惹他憎恶。

赫米娅无论在哪儿都幸福，

因为她有一双天赐的媚眼。

她的眼怎么会那么明亮？不会是因为流过苦泪，

如果是，我的眼睛才更常让泪水冲洗。

不，不，我丑得像狗熊，

连野兽见了都会给吓走。

难怪狄米特律斯这样躲着我，

像躲开一个怪物。

是哪面镜子恶意欺人，

让我斗胆把自己的眼目与赫米娅的星眸相提并论？

（看见拉山德）谁在这儿？拉山德！怎么躺在地上？

是死了，还是睡了？我没看见血，也没发现伤口。

拉山德，好朋友，你要是没死，就醒醒吧。

拉山德　（醒转）为了美丽的你，我愿赴汤蹈火，

光芒四射 [1] 的海丽娜！造化在你身上大显神功，

让我能在你胸前看透你的心。

狄米特律斯在哪儿？哦！那个难听的名字，

合该当我的剑下亡魂！

海丽娜　别这样，拉山德，别这么说。

他爱你的赫米娅又如何？上帝，那又如何？

赫米娅还是爱你，你该心满意足才是。

拉山德　为赫米娅心满意足？不，我真为

1　光芒四射：原文 transparent，也有"玲珑剔透"之义。

与她共度的可厌时光后悔。
我不爱赫米娅，我爱海丽娜。
谁不愿拿一头乌鸦换一羽白鸽？
男人的意志[1]由理性支配，
理性告诉我你比她更值得爱。
一切生灵不到时节，总不成熟。
我过去年纪尚轻，理性欠缺，
可如今我的智慧已成长成熟，
理性指引着我的意志，
将我带到你面前，从你眼中
读到爱情经典最动人的华章。

海丽娜　这番尖刻嘲笑要我如何忍受？
我何时得罪过你，你要这么讥讽我？
我从来不曾得到，也永远不会得到
狄米特律斯爱怜的一瞥，
难道那还不够，难道那还不够，年轻人，
你还要这样讥诮我的短处？
是的，你侮辱了我。说真的，你侮辱了我。
这样满含轻蔑地对我假献殷勤。
再会吧！我还以为
你是更有教养的上等人呢。
哦！女人家遭到一个男人的拒绝，
还得忍受另一个的戏弄！　　　　　　　下

拉山德　她没看见赫米娅。赫米娅，睡你的吧，
千万别靠近拉山德。

1　意志：原文 will，也有"性欲、阴茎"之义。

一个人甜食吃多，

难免要泛恶心，

皈依正教之人

最恨往日骗他的异端邪说。

你就是我眼中的甜食、邪说，

活该你遭人憎恶，谁都没我恨你。

我的所有生命力啊，让爱情和力量听候海伦差遣，

做她忠实的骑士吧！ 　　　　　　　　　　　　下

赫米娅　（醒转）救命啊，拉山德！救救我！

尽力拨开这条在我胸口蜿蜒的蛇！

哎呀，天哪！做了什么噩梦！

拉山德，瞧我吓得发抖。

我好像觉得有蛇在噬咬我的心，

而你却坐在一旁，笑看它无情肆虐。

拉山德！怎么，换地方了？拉山德！上帝啊！

这是怎么啦？没听见？走了？无声无息，一声不吭？

唉！你在哪儿呀？要是能听见我喊，就应一声。

凭所有爱情的名义，说话呀！我都要吓晕了。

还是毫无声息！我很清楚你已经离开我了。

（提泰妮娅仍未醒转）

我若不能马上找到你，瞬息就魂归九泉！ 　　　　下

第三幕

第一场 / 景同前

丑角[1] 波顿、昆斯、斯纳格、弗鲁特、斯诺特与斯塔佛林上

波顿　　　　都来了吧?

昆斯　　　　准点,准点,这地儿排戏不错。这片草地就是俺们的戏台,这丛山楂树就是化装间。俺们好好演,就跟当着公爵的面似的。

波顿　　　　彼得·昆斯?

昆斯　　　　什么事,波顿好伙计?

波顿　　　　《皮剌摩斯和提斯柏》这本喜剧里,有几个地方肯定没法儿叫人满意。第一,皮剌摩斯得拔出剑来自杀,这是女士们受不了的。你们说是不是?

斯诺特　　　咱凭圣母娘娘的名号起誓,这可不是闹着玩儿的。

斯塔佛林　　要么咱们把别的内容演完,去掉这段自杀戏。

波顿　　　　不用去,俺有个妙计,什么问题都能摆平。给俺写个开场白,大概是说:俺们的剑不伤人。其实皮剌摩斯也不是真把自己结果了。为了保证万无一失,可以告诉她们俺这扮皮剌摩斯的,可不是真的皮剌摩斯,俺是织工波顿。这样她们就不害怕了。

昆斯　　　　好,咱们就来段开场白,咱能用八六体[2]写。

1　丑角（clowns）：指地位较低的滑稽角色。

2　八六体（eight and six）：交错使用八音节和六音节的句子。此为民谣的常用韵。

波顿	不，再多加俩字，让它变成八八体。
斯诺特	女士们难道不怕狮子么？
斯塔佛林	咱敢说她们一定会怕的。
波顿	各位师傅，你们可得想好咯，把一头狮子——上帝保佑俺们！——带到女士们中间也太离谱了。野兽[1]里就数狮子顶可怕。俺们可得好好合计一下。
斯诺特	这么说，还得写段开场白，说他不是真狮子。
波顿	不，你说出他的名儿来，他得从狮脖子那儿露出半边脸，他自己得说，或者说点疑似[2]差不多的话："女士们"，或是"美丽的女士们，俺希望你们"，要么说"俺请求你们"，也可以说"俺恳求你们，别害怕，别发抖。俺拿性命担保，你们没有生命危险。要是你们认为俺真是狮子，俺才真叫倒霉哪！不，俺根本不是狮子，俺和其他人一样，也是人。"说完他就可以报出名儿来，跟她们讲清楚[3]，他是细木工斯纳格。
昆斯	好，就这么办。还有两桩事儿也挺麻烦：第一，咱们得把月亮光挪进屋来，你们知道皮剌摩斯、提斯柏他们是在月亮光下碰面的。
斯诺特	咱们演戏那天可有月亮光？
波顿	历书，拿历书来！看看年历怎么说，找出月亮光，看看有没有月亮光。（他们查历书）

罗宾可上

1　野兽：原文 wild-fowl，字面意思是"野禽"。

2　疑似：原文 defect。波顿再次说错话，defect 应为 effect 的误用，此句中的"疑似"应作"意思"。——译者附注

3　清楚：原文 plainly，或与 plane（木匠用的刨子）构成双关。

昆斯	有的，那天晚上有。
波顿	嘿，那你就把俺们演戏那个大厅的窗户留一扇别关，好让月光从窗格子照进来。
昆斯	也成。不然就得有人带上柴枝和灯笼[1]，上场说他搬[2]的是月亮，要么说他淹[3]的是月中人。那就剩一件事了，咱们还得在大厅里搞一堵墙。故事里说，皮剌摩斯和提斯柏是凑在一条墙缝边说话的。
斯诺特	你又不能搬一堵墙进去。你说呢，波顿？
波顿	得找个人来扮这堵墙。往他身上涂点儿灰浆、黏土、粗灰泥什么的，表示他是一堵墙。（作手势表墙缝）让他把手指这么比，皮剌摩斯和提斯柏就能透过指缝说话了。
昆斯	这么一来，啥都齐了。来，大伙儿都坐下，念念自个儿的台词。皮剌摩斯，你起头。说完你到那个树丛后头去，每个人就按自己的尾白[4]挨个说。

罗宾可上

罗宾	（旁白）什么伧夫俗子 敢来仙后榻边呶呶不休？ 怎么，要演戏？那我就来当观众。 若是时机对，我兴许也会演一手。
昆斯	说吧，皮剌摩斯。——提斯柏，站出来。
皮剌摩斯[波顿]	提斯柏，花儿吐露的粪房[5]——
昆斯	"芬芳"，是"芬芳"。

---

1 柴枝和灯笼：演月中人所用之传统道具。

2 搬：原文 disfigure，为 figure（扮）之误。

3 淹：原文 present，意指 represent（演）。

4 尾白（cue）：给演员作提示的词。——译者附注

5 粪房：原文 odious。波顿读错了，应为 odours（芬芳）。——译者附注

皮刺摩斯 [波顿]	——吐露的芬芳。
	就像你的气息,俺最最亲爱的提斯柏。
	听,有声音!你在这儿等一小会儿,
	俺回头就来找你。　　　　　　　　　　　　　　下
罗宾	从没见过这么蹩脚的皮刺摩斯。　　　　　　　　下
提斯柏 [弗鲁特]	现在该咱啦?
昆斯	对,哎呀,是该你了。你得弄清楚,他去瞧瞧到底是什么响动,马上就回来。
提斯柏 [弗鲁特]	最光彩照人的皮刺摩斯,皮肤像白百合,
	面颊如红玫瑰,开在美丽的荆棘枝头
	生龙活虎的小伙子,最可爱的宝贝 [1],
	就像不知疲倦的骏马,忠心耿耿。
	皮刺摩斯,奴家会到尼尼坟头与你相会。
昆斯	是"尼努斯 [2] 坟前",老兄!唉,还不到说这句的时候哪,那是你应答皮刺摩斯的话。你把戏词 [3] 一气儿说完啦。皮刺摩斯,上场,你的尾白"不知疲倦的骏马"都过了。
提斯柏 [弗鲁特]	哦——像不知疲倦的骏马,忠心耿耿。

罗宾与戴驴头的皮刺摩斯波顿上

皮刺摩斯 [波顿]	就算俺有那么帅,提斯柏,俺也只要你的爱。
昆斯	哦,怪物!哦,怪事!有鬼啊!师傅们哪,请大家快逃哇!救命啊!　　　　　　　　　　　　　　丑角均下
罗宾	我要跟着来,领你们团团转,
	踏过沼泽、灌木、蕨草和荆棘。

1　宝贝:原文 Jew,凑韵用词,或为 juvenal(年轻人)或 jewel(宝贝)的略称。
2　尼努斯(Ninus):东方古国亚述(Assyria)之都尼尼微(Nineveh)的创建者。
3　戏词(part):演员的书面戏词包括台词和尾白。

我有时是匹马，有时是猎犬，

有时是野猪、无头熊，有时是鬼火。

我要到处学马嘶，学犬吠，学猪嗥，

学熊吼，学火[1]烧。

> 下。若波顿与其他丑角同下，此时复上

波顿 他们怎么全跑啦？准是耍花招，想吓俺一跳。

斯诺特上

斯诺特 哦，波顿，你变样儿啦！咱在你头上瞧见什么啦？

波顿 瞧见什么啦？瞧见你自个儿变蠢驴啦，对吧？　斯诺特下

昆斯上

昆斯 上帝保佑，波顿！上帝保佑！你变样儿啦！　　　　下

波顿 俺知道他们的花样。他们把俺当蠢驴，变着法儿来吓俺。可俺就是不挪窝，不管他们怎么地。俺要在这儿四处溜达，唱起歌来，叫他们听了明白俺一点儿也不怕。

（唱）

公百舌鸟黑漆漆，

一张嘴巴黄澄澄，

歌鸫唱得顶起劲，

欧鹪嗓音细尖尖——

提泰妮娅 （醒转）是哪位天使让花榻上的本宫醒来？

波顿 （唱）

绿雀[2]、麻雀、百灵鸟，

灰杜鹃的歌儿真单调，

1　火：原文 fire，即 will-o'-the-wisp，指沼泽地上空的火苗，此火由沼气引起，但通常被视作精灵作祟。

2　绿雀：原文 finch，即金翅雀。——译者注

好多男人都听到，
谁也不敢应声"不"[1]——
说真的，谁有空跟傻鸟较真？[2] 就算被它骂"乌龟"，谁
去说它撒谎精？

提泰妮娅 温柔的凡人，请接着唱！
本宫的双耳眷恋你的歌声，
双眼惑于你的样貌。
虽是初次见面，
你的美质已让本宫不禁要说，要发誓说，我爱你。

波顿 夫人，俺想您这也太没来由了。说句实在话，如今这世
上，理性很少跟爱情碰头，也不见哪个好心邻居替他俩
撮合撮合，真是可惜。瞧，俺也会讲几句笑话应个景儿。

提泰妮娅 你真是既博学又英俊。

波顿 哪里，俺可没那么厉害。俺有本事跑出这林子就不错啦。

提泰妮娅 别想跑出这林子！
不管你愿不愿意，你非留下不可。
本宫可不是寻常精灵，
夏天永远对本宫唯命是从。
本宫真的爱你，跟本宫走吧。
本宫会命众仙来服侍你，
它们会为你打捞深海的宝藏。
当你在花床[3]上安睡，它们会给你唱歌。

---

1 不敢应声"不"（dares not answer nay）：指妻子不忠的男人不敢说自己不是杜鹃歌里的
cuckold（"乌龟"）。

2 原文 who would set his wit to so foolish a bird，改自英谚 do not set your wit against a fool's（毋
与傻瓜斗智）。

3 花床：原文 pressèd flowers，直译为"压平的花朵"。——译者附注

本宫能净化你的凡胎俗体，

令你骨健身轻，一如精灵。

豆花！[1] 蛛网！飞蛾！[2] 芥子！

四仙子上

豆花　　　　　在。

蛛网　　　　　在。

飞蛾　　　　　在。

芥子　　　　　在。

四仙　　　　　娘娘有何吩咐？

提泰妮娅　　　好生伺候这位先生，

蹦蹦跳跳伴他同行，在他眼前雀跃嬉闹。

喂他吃杏子、露莓[3]、

紫葡萄、青无花果和桑葚。

偷来野蜂的蜜囊儿，

割来带蜡的蜂腿当烛炬，

用流萤的火睛点燃，[4]

照本宫的情郎晨兴[5]夜寐。

再拔来彩蝶的翼翅，

扇去他睡眼中的月色。

来，仙子们，向他点头致意。

豆花　　　　　致敬，凡人！

1　豆花（Peaseblossom）：豆科植物的花。pease（豆）也指价值甚小、微不足道之物。

2　飞蛾（Moth）：发音类 mote（尘粒），或亦隐含此词之义。

3　露莓（dewberry）：黑莓的一种。

4　自然界中的萤火虫只有腹部末下端生有发光器，虫体内的荧光素和荧光素酶反应后，会产生黄绿色的荧光。——译者附注

5　兴：原文 arise，或有"勃起"之义。

蛛网	致敬！
飞蛾	致敬！
芥子	致敬！
波顿	劳烦各位上仙多多担待。（对蛛网）敢问尊号是？
蛛网	蛛网。
波顿	俺想跟您交个朋友，好蛛网先生。要是俺割破了手指头，就得冒昧用您一用了。[1]——好先生，您的尊号是？
豆花	豆花。
波顿	请代俺问候令堂豆荚[2]夫人和令尊豆壳[3]先生。好豆花先生，俺也很乐意与您交个朋友。——先生，敢问您的大名是？
芥子	芥子。
波顿	好芥子先生，俺知道您不容易[4]。胆小的牛肉像巨人那样吞了您家好多人。不瞒您说，您的亲戚方才还让俺掉了几滴苦泪[5]。俺想跟您交个朋友，好芥子先生。
提泰妮娅	来，服侍他，引他去本宫的闺房。
	本宫觉得今晚月儿的明眸泛着水光，
	它一垂泪，每朵小花儿也眼泪汪汪，
	哀悼哪个女郎遭人强占的童贞。
	让本宫的爱人别出声[6]，悄悄领他前来。 　　　　　众人下

1　旧时蛛网被用来止血。
2　豆荚：原文 Squash，指未成熟的碗豆荚。
3　豆壳：原文 Peascod，指豌豆荚，传统上用来治疗相思病，此处或借用其与 codpiece（男性下体盖片）一词的近似性。
4　不容易：原文 patience，意指"忍耐"，因芥末与牛肉同吃。
5　因芥末口感辛辣。
6　仙后这么说或因波顿正作驴鸣。

第二场　　　/　　　第五景

仙王奥布朗独自上

奥布朗　　　不知提泰妮娅是否已醒。

只要她一醒，就会热烈地爱上

最先看见的生物。

罗宾上

朕的使者来了。——嘿，急火火的精灵！

这着魔的树林出了什么怪事？

罗宾　　　娘娘爱上怪物了。

在她沉沉入睡时，

她隐秘的神圣寝室边，

来了一群笨蛋。他们都是

在雅典市集做工过活的粗朴手艺人，

他们聚在一起排戏，

预备在伟大的忒修斯成婚那天表演。

在这帮蠢货中，最笨的那个

扮演戏里的皮剌摩斯。

趁他下场走进树丛，

我看准时机，

给他的脑袋上装了驴头。

过会儿他听到提斯柏唤他，

就又现身了。他们一见他，

活像大雁瞅见悄悄靠近的猎人，

　　　　　　像一大群灰鸦[1]

　　　　　　听见枪声轰然起飞，

　　　　　　聒噪着扫过天空，

　　　　　　全都四下逃命。

　　　　　　我把脚一跺，他们个个跌跤，

　　　　　　乱喊"杀人"，高呼"雅典人救命"。

　　　　　　他们本就糊涂，这回更吓得六神无主，

　　　　　　无知无觉之物也趁机捉弄他们：

　　　　　　野茨和荆棘抢夺他们的衣服，

　　　　　　有人丢了袖子，有人掉了帽子，如同败兵备受欺凌。

　　　　　　我领着惊慌失措的他们走开，

　　　　　　让变了样的可爱皮剌摩斯留下。

　　　　　　就在那时，事情就这么发生了，

　　　　　　提泰妮娅醒了，立即爱上了这头驴。

奥布朗　　　这比朕能想到的计策更妙。

　　　　　　你可按朕的吩咐，

　　　　　　将三色堇花汁滴在那雅典人眼上？

罗宾　　　我撞见他在熟睡——也办妥了——

　　　　　　那个雅典女人就在他身边，

　　　　　　只要他一醒，肯定能看见。

狄米特律斯与赫米娅上

奥布朗　　　（他们退至一旁）

　　　　　　站过来，正是这个雅典人。

罗宾　　　是这女的没错，可不该是这男的。

1　灰鸦（russet-pated choughs）：红棕色的寒鸦，此处借用了 chough 与 chuff（乡下人、乡巴佬）的相似性。

狄米特律斯	唉！你干吗痛骂深爱你的人？
	这番臭骂用在仇人身上才对。
赫米娅	我还只是骂几句。我该给你更厉害的教训，
	你怕是干下招人诅咒的事了。
	要是你趁拉山德睡着杀死了他，
	就连我也杀了吧。
	反正两脚都踏进血泊了，索性跳进血河吧。
	太阳对白昼，也不如
	他对我忠心。我赫米娅没醒，
	他会悄悄离开？我宁可相信
	能在地球中心凿个隧道，月亮
	会从里头爬过去，到地球另一端[1]
	给她兄长太阳照耀的人和地方添乱。
	一定是你杀了他，只有杀人凶手，
	脸色才会这么惨白可怕。
狄米特律斯	受害者才有我这种脸色，
	你的残酷无情洞穿了我的心。
	可你这杀人凶手，却依然莹洁明丽，
	宛若闪耀在那片天空的金星[2]。
赫米娅	这些与我的拉山德何干？他在哪儿？
	啊，好狄米特律斯，把他还给我！
狄米特律斯	我宁愿用他的尸体喂狗。
赫米娅	滚开，滚开，狗杂种！卑鄙小人！你让我失去
	姑娘家的柔顺，忍无可忍。你果真杀了他？

---

1 另一端（th'Antipodes）：指"地球另一端的人或地方"。
2 金星（Venus）：明亮的行星；亦指罗马神话中的女爱神维纳斯。

从今往后，我再也不把你当人看了。

哦，看在我的分上，跟我说一回实话！

你这个清醒的人，

看他在睡觉，就对他下了毒手？哦，真勇敢！

就连一条蛇，连一条毒蛇，也比不上你。

毒蛇的舌头比你多了一岔，

却不像你这般害人不浅！

狄米特律斯 你这火发得没道理。

我又没杀拉山德，

据我所知，他还活得好好的。

赫米娅 那请告诉我他安然无恙。

狄米特律斯 若是告诉你，我有什么好处？

赫米娅 你就可以再也看不到我。

从今往后我会远离你这张讨厌的脸，

无论他是死是活，你都别来见我。

狄米特律斯 她正在气头上，我还是别跟着她了。

让我在此稍事歇息。

愁绪驱走睡眠，让忧愁

愈加深重；

我且暂访黑甜乡，

好歹补些觉。（躺下入睡）

奥布朗 你干了什么好事？你犯大错啦，

居然把三色堇花汁滴到一个忠诚恋人眼上。

因为这个错误，

原本忠实的会变心，不忠的还和之前一样糟。

罗宾 一切都是命中注定。保持专一的绝无仅有；

变心、背誓的，却有百万个。

奥布朗	比风更快地到林子去，
	务必找到雅典女郎海丽娜。
	她为情所困憔悴不堪，
	痴情的叹息消损了她的血气[1]。
	你务必造些幻象引她前来，
	朕会对此人的眼睛施魔法，准备让他俩见面。
罗宾	我就去，我就去，看我的吧。
	鞑靼人的箭矢飞得也没我迅疾。 下
奥布朗	（挤花汁在狄米特律斯眼上）
	这朵紫色的小花，
	曾为爱神的利箭所伤，
	让它带灵力的汁液渗入他的瞳仁。
	在他看见她的瞬间，
	让她显得光彩夺目，
	犹如天上的金星。
	等你醒了，而她恰在身旁，
	你就会向她乞求垂怜。

罗宾上

罗宾	报告仙班之主，
	海丽娜即刻就到，
	被我错认的青年，
	正在哀求她的垂怜。
	要不我们就看看他们的痴狂情状？
	天哪，凡人真是愚蠢荒唐！
奥布朗	让开。他们的吵闹声

---

1 旧时认为每声叹息都会耗去心脏的一滴血。

会吵醒狄米特律斯的。

（他们退至一旁）

罗宾　　　　那两男就会同时追求一女，

肯定特别有趣。

异乎寻常之事，

一向最让我欢喜。

拉山德随海丽娜上

拉山德　　　你为什么认为我追求你是出于讥诮？

讥诮、戏谑绝不会与眼泪并存。

瞧，我立誓的时候，还流着泪！这样发的誓，

一出口就确切不移。

明明有证据显示我所言非虚，

你怎么把我的真情流露看作讥诮挖苦？

海丽娜　　　你越来越奸诈了。

哦，真假誓言若彼此抵触，就都不足为信！

这些誓言都该对赫米娅发去。难道你要甩了她？

把你给我俩的誓言放进两个秤盘，

它们肯定是半斤八两，

都和谎言一样轻浮。

拉山德　　　我对她立誓时，的确是没头脑。

海丽娜　　　依我看，你现在抛弃她，也不像有头脑。

拉山德　　　狄米特律斯爱她，不爱你。[1]

狄米特律斯　（醒转）哦，海伦！女神！仙子！完美！神圣！

该用什么来比拟你的明眸，我的心上人？

水晶都相形失色了。哦，你的嘴唇，

1　此句之后或应有一行海丽娜说的押尾韵的台词。

这相吻的樱桃，看上去多么成熟诱人！
你一扬玉手，
巍巍托罗斯山[1]巅东风吹拂的皑皑积雪，
就显得黑如乌鸦。让我吻吻
这纯白的公主，这幸福的象征吧！

海丽娜　哦，倒霉！哦，该死！
我知道你们都想取笑我。
要是你们懂礼貌、有教养，
肯定不会这样羞辱我。
你们讨厌我就罢了，
何必串通一气讽刺我？
你们看着像正人君子，倘若真是君子，
就不该这么对待良家[2]女子。
发着誓，赌着咒，夸大我的优点，
我敢肯定你们都是打心眼儿里讨厌我。
你俩是情敌，同爱赫米娅，
现在一道回头嘲笑海丽娜。
真是男子汉的作风，干得漂亮，
嘲弄一个可怜姑娘，害她流泪。
真正的君子
绝不会这样冒犯一个姑娘，
只顾自家寻开心，让她忍无可忍。

拉山德　你太过分了，狄米特律斯，别这样。
你爱的是赫米娅，你知道我对此心知肚明。

1　托罗斯山（Taurus）：位于土耳其。
2　良家：原文 gentle，也有"文雅的、出身高贵的"之义。

我现在完全出于一片好心，
把我在赫米娅爱情中的地位拱手相让，
你也得把海丽娜的爱情让给我，
因为我真的爱她，至死不渝。

海丽娜 讽刺人还这么多废话。

狄米特律斯 拉山德，留着你的赫米娅，我才不要哪。
就算我爱过她，那份爱也无影无踪了。
我的爱只是暂栖在她身上，如同过客；
而今重返家园，回到海伦身边，
再也不会离开了。

拉山德 海伦，他是骗你的。

狄米特律斯 别诬蔑你全然不知的真情，
否则就用性命来弥补过失。
瞧！你的心上人来了，那才是你爱的人。

赫米娅上

赫米娅 黑夜让眼睛失去功用，
却使耳朵格外警醒。
夜色阻碍了目力的发挥，
却让听觉大大增强。
我能找到你，拉山德，并不是靠眼睛，
是我这双耳朵，让我听见你的声音。
你怎么忍心这样离开我？

拉山德 爱情驱使人离开，还有什么好耽搁？

赫米娅 什么爱情会驱使拉山德离开我？

拉山德 拉山德的爱情使他一刻也无法停留——
是美丽的海丽娜，她照亮了夜空，
比那片天空的璀璨繁星更夺目。——

（对赫米娅）你找我干吗？难道你现在还不明白，
我是讨厌你，才会那样离开你的？

赫米娅　　　　这不是真的，不是真的。

海丽娜　　　　瞧！她跟他们是一伙！
我明白了，他们三个是串通好了
用这种把戏来羞辱我。
害人精赫米娅！没良心的丫头！
你竟和这种人一起盘算着对付我，
用这种卑鄙玩笑捉弄我？
你我二人从前推心置腹，
发誓义结金兰，共度时光，
还埋怨疾足的时间
狠心将我们拆散——哦！难道你全忘啦？
我们的同窗之情，所有的年少天真，你全置之脑后啦？
赫米娅，我们两个曾像造物女神，
同绣一朵花儿，
同描一个图样，同坐一块椅垫，
同唱一首曲子，
就像我俩的双手、身体、声音和思想
都彼此相连不可分割似的。我们一道成长，
像并蒂的樱桃，看着是两个，
其实是连生。
我们是结在一根茎上的两颗可爱莓果，
看似有两个身体，心[1]却只有一颗。

1　心：原文 heart，或与 hart（纹章上的常用图样雄赤鹿）构成双关。

	我们像纹章上的两个徽纹 [1]，
	二者共有一个顶饰，同属一个家族 [2]。
	你想让我们从前的友谊分崩离析，
	和男人沆瀣一气嘲弄你可怜的伙伴吗？
	这太不念朋友之谊了，也不合女儿家的身份。
	不单是我，所有女性都可以为此责难你，
	虽说只有我一人受委屈。
赫米娅	你这些激愤之辞真让我吃惊。
	我没嘲弄你，好像是你在嘲弄我啊。
海丽娜	难道你没怂恿拉山德跟着我，
	假意夸奖我的眼睛、脸蛋？
	你的另一个追求者，狄米特律斯，
	明明方才还要踢开我，难道不是你
	让他称我为女神、仙子，夸我超凡脱俗、举世无双、
	神圣稀有、美若天仙？他为何要对
	自己厌憎之人说那种话？拉山德的心灵
	洋溢着对你的爱，又怎会抛下你，
	要把爱情献给我？
	难道不是受你指使，有你的赞同？
	就算我不像你这样天生有福，
	这样被人苦苦追求，这样鸿运当头，
	就算我倒霉透顶，只能单相思，又与你何干？
	你该同情我才是，不该折辱我。
赫米娅	我不明白你在说什么。

1　徽纹（coats）：指可同时出现在一块盾形纹章顶饰下的图样。
2　一个纹章只能授予特定某个人。

海丽娜	好啊，接着装吧，装得一本正经，
	等我一转身，就朝我做鬼脸。
	你们尽管冲彼此眨眨眼，接着开玩笑。
	这玩笑开得妙，肯定会载入史册的。
	你们要是有一点儿同情心、一点儿风度，稍稍懂些礼貌，
	就不该这样取笑我。
	再见，一半也怪我自己，
	生离或是死别很快会弥补我的过失。
拉山德	别走，温柔的海丽娜！听我解释。
	我的爱，我的生命，我的灵魂，美丽的海丽娜！
海丽娜	哦，说得妙！
赫米娅	（对拉山德）亲爱的，别这样笑她了。
狄米特律斯	（对拉山德）要是她恳求无效，我会强迫你闭嘴。
拉山德	她的求恳，你的强迫，全都无济于事。
	你的威胁和她软弱的祈求一样无能为力。
	海伦，我爱你。我以性命起誓，我爱你。
	谁敢说我不爱，我就豁出命来证明他在撒谎，
	为了你我不怕舍弃生命。
狄米特律斯	（对海丽娜）我说我对你的爱远远比他深。
拉山德	你既然敢说大话，就拔出剑来证明一下吧。
狄米特律斯	那就快来啊，来呀！
赫米娅	（紧拉住拉山德）拉山德，这一切到底是怎么回事？
拉山德	走开，你这埃塞俄比亚黑鬼[1]！
狄米特律斯	得了，得了，先生，
	你做出一副想挣脱的样子，摆出要跟我来的架势，

---

1 埃塞俄比亚黑鬼（Ethiope）：指肤色比海丽娜更深的赫米娅。

	又不敢跟来。你这孬种，滚吧！
拉山德	放开，你这瘟猫！黏人精[1]！贱货，放手！[2]
	不然我就像甩开一条蛇似的甩开你！
赫米娅	你几时变得这么刻薄了？
	究竟是怎么回事，亲爱的？
拉山德	谁是你的亲爱的？走开，黑鞑子[3]，走开！
	讨厌的毒药！可恨的毒剂！滚开！
赫米娅	你不是在开玩笑吧？
海丽娜	没错，说真的，你也一样。
拉山德	狄米特律斯，我言出必行。
狄米特律斯	希望如此，依我看，
	柔弱的羁绊[4]正牵系着你。我可不信你的话。
拉山德	怎么！难道要我伤害她、责打她、杀死她？
	我讨厌她是真，但还没有那么残忍。
赫米娅	哦！还有什么比你讨厌我更残忍？
	讨厌我！为什么呢？天哪！究竟是怎么回事，冤家？
	难道我不是赫米娅？你不是拉山德了？
	我现在还和从前一样美。
	今夜你还爱着我，又在今夜离我而去。
	那你真是——
	哦，神明不容！——真是存心离开我？
拉山德	不错，我凭生命起誓，就是这么回事。

---

1 黏人精：原文 burr，指会黏附在衣物上的刺果。

2 这一行和下一行（第 265 行）台词都是对赫米娅说的。——译者附注

3 鞑子（Tartar）：指中亚人。

4 柔弱的羁绊（weak bond）：意指赫米娅，此处借用了 oath 的早期涵义 bond（誓约）。

　　　　　　　我再也不想看到你了。

　　　　　　　你大可死心，不必起疑，

　　　　　　　我的话千真万确，根本不是开玩笑。

　　　　　　　我讨厌你，爱海丽娜。

赫米娅　　　（对海丽娜）天哪！你这骗子，你这摧花的害虫。

　　　　　　　偷心的恶贼！怎么，你趁夜前来，

　　　　　　　悄悄偷走了我爱人的心？

海丽娜　　　好啊！说真的，

　　　　　　　难道你连一点儿姑娘家的羞耻心都没有？

　　　　　　　根本不知难为情？怎么，

　　　　　　　你非要惹我说出难听话？

　　　　　　　呸！呸！你这装腔作势的家伙！你这虚情假意的傀儡[1]！

赫米娅　　　傀儡？为什么说我是傀儡？哦，原来如此。

　　　　　　　我现在才明白

　　　　　　　她是比较了我们的身材。她自诩长得高，

　　　　　　　用她的身材，高挑的身材，

　　　　　　　肯定是用身高优势，赢得了他的心。

　　　　　　　难道因为我长得矮，

　　　　　　　你在他心目中就高不可及啦？

　　　　　　　我怎么矮了？你这上过漆的五月柱[2]！说呀！

　　　　　　　我是怎么个矮法？矮虽矮，

　　　　　　　我的指甲还挖得着你的眼珠呢！（攻击她）

海丽娜　　　先生们，虽然你们都嘲弄我，

1　傀儡：原文 puppet，意指"虚假的事物 / 小个子的人"。

2　五月柱（maypole）：指庆祝五朔节（May Day）的花柱。赫米娅以此讥讽海丽娜过高。——
　　译者附注

	但求求你们别让她伤害我。我向来不爱吵架， 根本不懂怎么撒泼。 我胆小怕事，是个规矩姑娘。 别让她打我。也许你们看她 比我长得矮些， 就认为我能对付她。
赫米娅	矮些？听，又来了！
海丽娜	好赫米娅，别对我这么凶。 我一直是爱你的，赫米娅。 我有事总跟你商量，从来没做对不起你的事， 除了这一次，出于对狄米特律斯的爱， 我把你私奔到这林子来的事告诉了他。 他来追赶你，我又出于爱意追赶他， 可他一直斥骂我，威胁说 要打我、踢我，甚至要杀死我。 现在你让我悄悄离开吧， 我会带着我的愚蠢回雅典去， 不再跟着你们了。让我走吧， 瞧我有多蠢、多痴情。
赫米娅	好，走你的吧，谁拦着你啦？
海丽娜	一颗痴心，可我把它留在这儿了。
赫米娅	哦，留给拉山德了是吧？
海丽娜	是留给了狄米特律斯。
拉山德	别怕，她不会伤害你，海丽娜。
狄米特律斯	当然不会，先生，就算有你助阵也不怕。
海丽娜	哦，她发起火来又凶又狠。 求学的时候，她就是出了名的母老虎，

小小年纪已经很厉害了。

赫米娅 　又是"小"！还老是"矮"呀"小"啊的！

为什么你让她这样嘲笑我？

我和她拼了。

拉山德 　滚开，你这侏儒！

小矮人！绊脚的扁蓄[1]做的东西！

珠子！橡果儿！

狄米特律斯 　她才不用你帮，

你也别乱献殷勤。

别烦她，不许你再提海丽娜。

不用你给她撑腰。

你再敢对她卖乖，

就等着吃苦头吧！

拉山德 　她放开我了。

有种你就跟我来，看看

海丽娜究竟该属于谁。

狄米特律斯 　跟你来？才不呢，我要和你并肩走。

　　　　　　　　　　　　拉山德与狄米特律斯下

赫米娅 　你，小姐，这些纠纷全是因你而起。

哎，别逃！

海丽娜 　我呀，我可不放心你，

你脾气这么大，我不敢和你共处。

一打起架来，你出手比我快得多，

但我腿比你长，开跑你就追不上。

---

1 扁蓄（knot-grass）：蔓草名。此草通常贴地生长。

海丽娜奔下，赫米娅跟下 [1]

奥布朗与罗宾上，并上前

奥布朗　　　　都怪你马虎大意，

你要不是弄错了，就是成心捣蛋。

罗宾　　　　相信我，仙王，我是弄错了。

您不是吩咐我，认清

那人是雅典人装束就好？

这么说我根本没错，

我是把花汁滴在了一个雅典人眼上。

事情到这地步我倒挺开心，

他们拌嘴的样子真有看头。

奥布朗　　　　你瞧这两个恋人找地方决斗去了。

罗宾，快展开夜幕，

用黑如阿刻戎河 [2] 之水的浓雾

盖住星空，

让两个暴躁的仇家迷路，

别让他们碰头。

你可以一会儿学拉山德的声音

痛骂狄米特律斯，激得他怒火中烧；

一会儿学狄米特律斯的腔调斥骂拉山德，

就这样把他俩分开。

等死一般的睡眠拖着灌了铅的双腿，

1　四开本中此处海丽娜有 I am amazed and know not what to say（我真是一头雾水，不知该说
　　什么好）这句下场词；对开本中少了这句很可能是因为排字工失误，但也可能是有意删除，
　　因为这句台词不够好，它把押尾韵的对句变成了三联句。

2　阿刻戎河（Acheron）：冥府（Hades，指古典神话中的下界）里的四条河流之一。

扇着蝙蝠般的翼翅攀上他们的额头，

你就把这花汁挤在拉山德眼上。（递药草）

它的效力，

能消除一切错误，

让他恢复从前的眼光。

等他们醒来，所有奚落嘲讽

都会如梦如幻，不可捉摸。

这帮恋人也将重返雅典，

订下至死不渝的盟约。

等你遵旨行事，

朕就去看望朕的王后，向她讨要那个印度童子，

再解除她眼上的魔法，

使她不再迷恋怪物，一切平静如初。

罗宾　　　　我的仙王，我们得尽快行动。

夜驰的飞龙 [1] 已分开云海；

晨星，曙光女神 [2] 的先驱，已照亮苍穹。

天将破晓，四散的游魂

正奔返教堂墓地。这些全是

葬身道旁 [3]、命丧湍流 [4] 者的冤魂，

它们已回到生虫的床榻，

生怕白昼暴露其丑陋形容。

它们自愿远离光明，

1　龙（dragons）：据信为夜神或月神拉车。

2　曙光女神（Aurora）：即奥罗拉，罗马神话中的黎明女神。——译者附注

3　道旁：原文 crossways，指自杀者的埋葬地。

4　湍流：原文 floods，指溺死且尸首无处可寻者的"葬身"之地。

永远与阴沉的黑夜为伴。

奥布朗　我们与他们可是截然不同；

朕惯与黎明的恋人[1]沐着晨光嬉游，

如护林人那般踏访各处林丛。

哪怕东方天门开启，一片火红，

让涅普顿的王国闪起绚丽的神辉，

将他的碧海银波化作一片金黄。

但我们是该早早动身，切莫耽搁，

好在天明前办妥此事。　　　　　　　下

罗宾　飞到西来，又飞到东，

我要领他们四下奔走。

林间、镇上，个个怕我。

本精灵要领他们到处奔波。

这儿来了一个。

拉山德上

拉山德　自大的狄米特律斯，你在哪儿？快吱声！

罗宾　（模仿狄米特律斯的声音）在这儿，恶棍！宝剑出鞘等着

呢。你在哪儿？

拉山德　我马上来。

罗宾　那就跟我来，到平点儿的地方去。

狄米特律斯上

狄米特律斯　拉山德，别不说话！

你这逃兵，胆小鬼！你开溜啦？

说话呀！躲进灌木丛啦？你藏哪儿去啦？

1　黎明的恋人：原文 morning's love，指罗马神话中的黎明女神奥罗拉的恋人，或是奥罗拉自己
（意指奥布朗无须像鬼魂那样在黎明来到前消失）。

罗宾	（模仿拉山德的声音）你这懦夫，向群星夸口，
	对灌木丛说你有胆应战，
	却不敢过来？来啊，卑鄙小人！来啊，小崽子！
	看我不好好抽你一顿。和你比剑
	真是自取其辱。

狄米特律斯　咦，你在那边？

罗宾　跟我的声音来吧，我们别在这儿决斗。　　　　　同下

拉山德上

拉山德	他走在我前面，老是催我上前，
	等我到他叫喊的地方，他又已经走了。
	这恶棍的脚程比我快得多，
	我追得快，他逃得更快，
	害我在崎岖的夜路上跌了一跤。
	我要在这儿休息一下。（躺下）来吧，仁慈的白昼！
	只要你微露曦光，
	我就能找到狄米特律斯，报仇雪恨。（他入睡）

罗宾与狄米特律斯追逐着上

罗宾　嗬，嗬，嗬！懦夫！你怎么不来？

狄米特律斯	有种就等着我。我很清楚，
	你跑在我前头，窜来窜去，
	不敢停步，也不敢与我相见。
	你现在在哪儿？

罗宾　过来，我在这儿。

狄米特律斯	哼，你是在消遣我。等天色亮到能照见你的脸，
	就有你好看的。
	唉，去你的！疲乏逼我
	倒向冰冷的地面，

　　　　　　　　　　等待白昼的来临。（躺下入睡）

海丽娜上

海丽娜　　　哦，烦人的夜啊！哦，漫长乏味的夜啊！
　　　　　　　把你的时辰缩短些吧！从东方升起的安慰，
　　　　　　　快快照耀起来！我好借着晨光回雅典去，
　　　　　　　离开这群讨厌与我为伴的人。
　　　　　　　睡眠啊，你有时会合上悲伤的眼睛，
　　　　　　　求你让我暂时忘掉自己的处境吧！（入睡）

罗宾　　　　才三个？又来了一个。
　　　　　　　二加二，等于四。
　　　　　　　她朝这边来了，满面愁云。
　　　　　　　爱神丘比特真是淘气包。

赫米娅上

　　　　　　　这样给可怜姑娘添烦恼！

赫米娅　　　我从没这么疲惫，从没这么伤心过。
　　　　　　　一身露水，还被荆棘抓破，
　　　　　　　我跑也跑不动，爬也爬不动，
　　　　　　　两腿都不听使唤了。
　　　　　　　让我在这儿休息到天明吧。
　　　　　　　他们若真要决斗，愿上天保佑拉山德！（躺下入睡）

罗宾　　　　在地上，
　　　　　　　睡得香。
　　　　　　　温柔的恋人，
　　　　　　　我往你眼中
　　　　　　　施灵药。（挤花汁于拉山德眼上）
　　　　　　　待你醒了，
　　　　　　　见故人。

得见故人

乐开怀，

待你醒来就知道。

还是俗话说得好，

各人自有各的宝，

等你醒来就知道。

杰克爱吉尔[1]，

一切皆美满。

母马失复得[2]，事谐人人乐。　　　　　　　　下

拉山德、狄米特律斯、海丽娜、赫米娅酣睡至本场结束

1　英谚有云：All shall be well and Jack shall have Jill（杰克会得到吉尔，一切都会称心如意）。
　　此谚语在法国大革命时期被赋予了新内涵，此后 Jack（杰克）和 Jill（吉尔）被理解为暗指
　　被斩首示众的法王路易十六（Louis XVI）和王后玛丽·安托瓦内特（Marie Antoinette），当
　　时有歌谣云：Jack and Jill went up the hill to fetch a pail of water. /Jack fell down and broke
　　his crown. /And Jill came tumbling after. /Up got Jack, and home did trot. /As fast as he could
　　caper. /He went to bed and bound his head. /With vinegar and brown paper（杰克和吉尔上山
　　打水，杰克跌倒摔破了头。吉尔跟着也跌了跤。杰克起身，跑回了家，有多快就跑多快。他
　　躺上床，用醋和牛皮纸包扎好了脑袋）。——译者附注
2　原文 The man shall have his mare again，此为英谚。

第四幕

第一场 / 景同前

仙后提泰妮娅、头戴花冠的驴头丑角波顿与豆花、蛛网、飞蛾、芥子众仙子
上，仙王奥布朗随上

提泰妮娅　　来，来花床坐。

本宫要爱抚你这张温和的脸，

把麝香玫瑰戴在你毛发柔滑的脑袋上，

还要吻你这双漂亮的大耳朵，可爱的宝贝儿！

（↓她抚弄他↓）

波顿　　豆花哪？

豆花　　在。

波顿　　替俺搔搔头吧，豆花。蛛网先生咧？

蛛网　　在。

波顿　　蛛网先生，好先生，握紧武器，替俺宰了那只蓟草尖上的红屁股野蜂。然后，好先生，给俺把蜜囊儿拿来。动手时可莫性急，先生。还有，好先生，小心别把蜜囊弄破了。要是您淹死在蜜糖里，俺可不乐意。（蛛网可下）芥子先生在哪儿？

芥子　　在。

波顿　　跟俺握握手，芥子先生。请别多礼，好先生。

芥子　　敢问您有何吩咐？

波顿	也没什么，好先生，只想请您帮蛛网[1]先生[2]给俺挠痒痒。俺真得剪头了，先生，俺觉得脸上怪毛糙的。俺可是相当敏感的驴子，要是让俺的毛给弄痒了，就非得挠一挠不可。
提泰妮娅	嘿，想听音乐吗，我可爱的宝贝儿？
波顿	俺对音乐还蛮在行。俺们听一阵火钳[3]和响板[4]吧。
	（音乐起：火钳、乡村音乐）
提泰妮娅	可爱的宝贝儿，你想吃什么呢？
波顿	说真的，就来一配克[5]草料吧。您若有上好的干燕麦，俺会大嚼一通。俺挺想吃捆干草的。好干草，喷喷香，比啥都好。
提泰妮娅	本宫有个勇敢的小仙，它能为你寻找松鼠屯的口粮，为你取来新鲜坚果。
波顿	俺宁可吃一两把干豆。请吩咐您那些跟班别吵着俺，俺有点儿乡[6]睡觉。
提泰妮娅	睡吧，本宫会抱着你。
	列位仙家，退下吧。　　　　　　　　众仙下
	旋花就是这么温柔地缠绕着
	芬芳的金银花，柔弱的常青藤
	也是如此环抱着榆树粗糙的枝指。
	哦，本宫是多么爱你！多么宠你啊！（他们入睡）

1 蛛网：原文 Cobweb，显然为 Peaseblossom（豆花）之误。
2 先生：原文 Cavalery，即 cavalier，指彬彬有礼的绅士。
3 火钳：原文 tongs，指简单的金属乐器，敲击可发声。
4 响板：原文 bones，指可用手指使之相拍发声的几片骨头。
5 配克（peck）：量词，相当于四分之一蒲式耳（bushel）。在英国，1 蒲式耳为 36.368 升。
6 乡：原文 exposition of，为 disposition to（想）之误。

"好人儿"罗宾与奥布朗上，奥布朗上前

奥布朗　　　　欢迎你啊，好罗宾。

你几时见过这番趣景？

她的痴情勾起了朕的恻隐之心。

适才朕在树林后面遇见她，

见她为这可恨的蠢货寻觅香花，

就责骂她，与她争吵。

她将芬芳的鲜花编成小头冠，

戴在他毛茸茸的前额上。

原本在花蕾上晶莹饱满、

犹如东方明珠的夜露，

如今含在明艳小花眼中，

像是自怜受辱流下的清泪。

朕尽情嘲骂了她一通，

她低声下气求朕息怒，

朕趁机索取那个换儿，

她立刻答应把他交给朕，差仙侍

将他送到朕的寝宫。

既然孩子到手，朕就除去

她眼中可憎的迷雾。

好帕克，去把让这雅典村夫变形的

驴头去掉，

好让他和大家一道醒来，

同返雅典，

把夜间发生的事情

全当作一场噩梦。

朕还是先解除爱后所中的魔法。

> 让她恢复本性
>
> 和原来的眼光。（挤花汁在她眼上）
>
> 这朵狄安花 [1] 力量神奇，
>
> 会让丘比特花 [2] 功效顿失。
>
> 喂，朕的提泰妮娅，醒醒，朕的爱后。

提泰妮娅　　我的奥布朗！本宫看见的是什么幻象！

　　　　　　本宫觉得自己爱上驴子了。

奥布朗　　　你的爱人还躺在那儿呢。

提泰妮娅　　这是怎么回事？

　　　　　　哦，他的样子多讨厌啊！

奥布朗　　　静一静。——罗宾，揭掉他的驴头。——

　　　　　　提泰妮娅，吩咐他们奏乐，让这五人 [3]

　　　　　　睡意沉沉，比平日睡时更加无知无觉。

提泰妮娅　　来，奏乐！奏催眠的乐曲！（音乐继续 [4]）

罗宾　　　　等你们一觉醒来，再睁大呆眼看吧。

奥布朗　　　奏乐！来，朕的王后，我们携起手来，

　　　　　　用舞步震动他们睡觉的地面。

　　　　　　现在我们重归于好，

　　　　　　明日夜半将同往忒修斯公爵府上

　　　　　　快乐地跳起庄严的舞步，

1　狄安花（Dian's bud）：即奥布朗用于消除三色堇花汁魔力的香草，它与罗马神话中的贞节女神狄安娜有关。

2　丘比特花（Cupid's flower）：指三色堇。——译者附注

3　指波顿和两对恋人。

4　音乐继续：原文 Music, still。"乡村音乐"或许还继续响着，也可能是提示演奏 still music（轻柔音乐）。奥布朗说"静一静"（Silence awhile）或许是提示暂停前一种音乐，"奏乐"（Sound, music）则提示演奏后一种音乐。

	预祝他的家族繁荣昌盛。
	这两对忠贞的恋人也会在那儿
	与忒修斯同时举行婚礼，大家都会欢天喜地。
罗宾	仙王陛下，听，留心听，
	我听见清晨云雀的歌吟。
奥布朗	王后，让我们静穆地
	追随夜的踪迹，
	环绕地球飞翔，
	比徜徉的月儿更迅捷。
提泰妮娅	夫君，请您在路上
	告诉臣妾，臣妾今晚如何会
	与这些凡人
	一道睡在地上。

众人下。睡者仍卧

号角吹起。忒修斯、伊吉斯、希波吕忒及其[1]扈从上

忒修斯	去，你们谁去把林务官找来。
	我们举行完五朔节的庆礼，
	现在还是清晨，
	该让本王的爱人听听御苑猎犬的妙音。
	把狗放了，让它们去西边的山谷。
	快去，嘿，把林务官找来。

一侍从下

	美丽的王后，我们去山顶
	共同领略猎犬的吠叫与山谷回声
	织就的天籁。
希波吕忒	妾身曾与赫剌克勒斯、卡德摩斯[2]一道

1　指忒修斯。
2　卡德摩斯（Cadmus）：底比斯城（Thebes）的建立者。

在克里特树林行猎，他们放
斯巴达猎犬 [1] 追赶巨熊，那雄壮的吠叫声
妾身还是初次听闻。丛林、
天空、群山、附近一带，
似乎全汇成一片彼此呼应的喊声。妾身从没听过
那么和谐的喧声，那样入耳的雷鸣。

忒修斯 本王的猎犬也是斯巴达种，
一样腮肉下垂，色如金沙。它们头上生有
一对拂开晨露的垂耳，
膝部弯曲，颈下像色萨利 [2] 公牛一般生有垂肉。
它们逐猎的速度不快，但吠起来声音高低相应，
有钟声那么合调。无论在克里特、斯巴达，还是色萨利，
再没别的猎狗能和着猎人的号角与召唤，
吠得这样悦耳动听了。
等你听了就知道。且慢！这些又是哪路神仙？

伊吉斯 回禀殿下，这儿躺的是小女，
这是拉山德，这是狄米特律斯，
这是海丽娜，老奈德的千金海丽娜。
小民纳闷的是，他们怎么都到这儿来了。

忒修斯 他们显然是
按五朔节的风俗早起，听闻本王的意旨，
前来参加本王的婚典。
可是，伊吉斯，今天不是
赫米娅该作决定的日子吗？

---

1 斯巴达猎犬（hounds of Sparta）：以逐猎技巧著称。
2 色萨利（Thessalian）：指来自古希腊东北部地区色萨利（Thessaly）的。

伊吉斯	正是，殿下。
忒修斯	去，叫猎人吹号弄醒他们。

号角声，他们醒转。幕内呼喊声，他们均惊醒。

早安，朋友们！圣瓦伦廷节[1]早过了，

你们这些林间鸟儿怎么现在才结侣？

拉山德	（他们[2]跪地）殿下恕罪！
忒修斯	请大家平身。（他们起身）

本王知道你们两个乃是冤家对头，

怎会一团和气，

毫无猜疑，

同寝共憩，全无戒心？

拉山德　　殿下，小人到现在还惊魂未定，

半睡半醒。可小人敢发誓，

小人真不知自己是怎么来这儿的。

小人想——小人还是实话实说吧，

小人想起来了，一点儿不错——

小人是和赫米娅一起来的。我们想

逃出雅典，

避开雅典法律的严威。

伊吉斯　　够了，够了，殿下。你[3]说得够多了。

微臣恳请依法办事，依法惩办他。——

他们差点儿，差点儿就逃走了。狄米特律斯，

他们差点儿把我们给耍了，

1　圣瓦伦廷节（Saint Valentine）：2月14日，据信鸟儿于此日择偶。

2　指恋人们。——译者附注

3　你：指拉山德。——译者附注

害你失去一个妻子，害我对你的承诺落空。
我答应过要把女儿许配给你的。

狄米特律斯 殿下，美丽的海伦告诉小人他们私奔，
告诉我他们来这林子的目的。
小人盛怒之下追赶他们至此，
海丽娜也痴情地追赶我。
可是，仁慈的殿下，小人不知是什么力量——
但肯定是有某种力量——使小人对赫米娅的爱
冰消雪释，现在想起，
宛如忆起儿时爱玩的无聊玩意儿。
小人的一片忠心、满腔柔情、
饱含眷爱的目光，
都只属于海丽娜一人。殿下，
小人认识赫米娅之前，
就和她订过誓约，
可正如人在病中，小人厌弃了这道珍馐，
不过身体一恢复，胃口又复原了。
小人如今希求她、珍爱她、渴慕她，
会一生一世对她忠贞。

忒修斯 俊美的恋人们，你们幸逢其时。
我们回头再听你们细说。
伊吉斯，本王要否决你的意向，
这两对男女不久就会与我们一道
在神殿缔结白头之盟。
清晨快过去了，
我们的行猎计划也就取消。
成双成对跟我们回雅典去吧，

	我们要大宴宾客。——
	来，希波吕忒。 公爵、众大臣及希波吕忒下
狄米特律斯	有些东西好像细微得无法捉摸，
	就像化入云雾的远山。
赫米娅	我觉得我看东西时，双眼不能聚焦，
	好像什么都有重影。
海丽娜	我也有同感。
	我觉得狄米特律斯好似一颗宝石，
	像是属于我，又不像属于我。
狄米特律斯	我觉得
	我们还在睡觉，还在做梦。你们说
	方才公爵是不是在这儿，让我们跟他走？
赫米娅	没错，家父也在。
海丽娜	还有希波吕忒。
拉山德	他叫我们跟他去神殿。
狄米特律斯	哎哟，那我们真是醒了。我们跟他走吧，
	路上来讲讲我们的梦。 恋人们下
波顿	（醒转）到俺说尾白了就喊一声，俺自会答应。俺的下句台词是，"最美丽的皮剌摩斯。"喂！彼得·昆斯！弗鲁特，修风箱的！斯诺特，补锅子的！斯塔佛林！上帝保佑[1]！这些人偷溜了，把俺撇在这儿独个儿睡觉？俺见到一个怪得出奇的幻象，俺做了个梦。谁也说不出那是啥梦，谁想把它说清楚，谁就是蠢驴。俺像是——谁也说不出是什么，俺像是——俺像是有——谁敢说出俺像是有啥，那他一准是蠢材。俺那个梦啊，凡人的眼睛从没

1　上帝保佑：原文 God's，相当于 God save。

听过，耳朵从没见过，人手也尝不出是啥滋味，舌头也分不出是啥道理，心儿也道不明那梦到底啥样儿。[1] 俺要让彼得·昆斯给俺写支歌儿，唱唱这梦，歌名儿就叫《波顿的梦》，这梦可真离谱[2]。俺会在戏的下半截唱，当着公爵大人的面儿唱。要不，俺就在她[3]死的时候唱，好让俺们的戏更文雅些。 下

第二场 / 第六景

雅典

昆斯、弗鲁特、斯诺特与斯塔佛林上

昆斯 你们叫人去波顿家看啦？他还没回去？

斯塔佛林 啥消息也没有。准是给妖精拐跑[4]啦。

弗鲁特 他回不来，咱们的戏就吹了。没法演了，对吧？

昆斯 可不。全雅典除了他就再找不出第二个能演皮剌摩斯的人了。

弗鲁特 谁也演不了。他可是雅典手艺人里最有脑子的。

---

1 俺那个……样儿（The...was）：此处篡改了日内瓦版《圣经》的名段，那段话本是关于"神深奥的事"（the bottom of God）（见《哥林多前书》第 2 章 9 至 10 节）。

2 谱：原文 bottom，意指"根据"。此英文与波顿这一名字的英文相同，故 Bottom's Dream（波顿的梦）语带双关。——译者附注

3 或指提斯柏。

4 拐跑：原文 transported，亦有"给变形了"之义。

昆斯	没错，人也顶好。他有副好嗓子，做情人¹真是呱呱叫。
弗鲁特	是"做榜样"。情人，上帝保佑咱们，那可叫人害臊²。

细木工斯纳格上

斯纳格	各位，公爵大人刚从神殿出来，还有两三个先生、小姐也一并结了婚。咱们的戏要能接着弄，咱们都会发大财！
弗鲁特	哦，可爱的好伙计波顿！他拿不着六便士一天³的酬劳了。他演一天准能拿六便士。要是公爵看了他扮的皮剌摩斯，还不肯每天赏他六便士，那就把咱吊死好了。这钱他本来能赚到的。扮皮剌摩斯的，要么白演给人家看，要么一天该得六便士。

波顿上

波顿	伙计们在哪儿？心肝儿们呢？
昆斯	波顿！哎呀，大吉大利福星高照啊！
波顿	各位，俺有几桩怪事儿要讲，可不兴乱打听，俺要是说了，就不算真正的雅典人。俺要把事情的前前后后都告诉你们。
昆斯	告诉咱们吧，好波顿。
波顿	俺一个字也不能说。俺要告诉你们的就是，公爵阁下吃过饭了。收拾收拾行头，给假胡须穿上牢固的绳儿，给轻舞鞋系上全新的丝带。立刻到宫里集合，记熟自个儿的台词，一句话，俺们的戏送上去了。不管咋样，提斯柏可得穿件干净衣裳，叫演狮子的兄弟别铰指甲，好把

1 情人：原文 paramour，为 paragon（榜样）之误。
2 害臊：原文 naught，意指"恶事、耻辱"，可能暗指"阴道"。
3 指公爵的赏钱。作为演半天戏的报酬，算是丰厚的了。

它露出来当狮爪。最亲爱的演员们，别吃洋葱跟大蒜，俺们可不能口臭。俺一定要听他们说，"这是一出喷香的喜剧。"不啰唆了，走吧！走，走吧！　　　　　　众人下

第五幕

第一场¹　/　第七景

忒修斯、希波吕忒、伊吉斯及其²大臣数人上

希波吕忒　　我的忒修斯，那些恋人们说的事真怪。

忒修斯　　　怪得不像话。本王根本不信

那些怪诞的³传说、荒唐的神话。

人一谈恋爱就像疯子似的头脑发热，

浮想联翩，恋人和疯子懂的事，

明白人永远懂不了。

疯子、情人、诗人，

都是幻想的化身。

有种人撞见的鬼，广阔的地狱都装不下，

这种人就是疯子。情人也一样反常，

会将埃及人的眉眼⁴视作海伦⁵的天资丽质。

诗人的眼眸受狂放灵感的驱使，顾盼一遭，

就能将天上地下的事一览无余。

想象会造就未知物的形态，

1　地点为雅典，忒修斯宫中。——译者附注

2　指忒修斯。

3　怪诞的：原文 antic，与 antique（古旧的）构成双关，四开本拼作 antiquated（古老的）。

4　埃及人的眉眼：原文 brow of Egypt。当时的英国人认为埃及人肤黑、不美。

5　海伦（Helen）：指特洛伊的海伦，斯巴达国王墨涅拉俄斯（Menelaus）之妻，后为帕里斯
　（Paris）拐走，引发特洛伊战争。

诗人的笔再赋予它们具体形象，

原本虚无缥缈之物，

便有了居所和姓名。

丰富的想象有这样的本事，

只要尝到一点儿快乐，

就会想出一个快乐的施与者；

到了夜里，一生怯心，

很容易就把灌木当成熊！

希波吕忒　　他们所说的夜间经历，

还有他们的想法一起改变的事实，

都证明那不全是幻觉，

反倒很有几分像实情，

但无论真假，这事的确离奇古怪。

拉山德、狄米特律斯、赫米娅、海丽娜几个恋人上

忒修斯　　那些恋人来了，个个兴高采烈。

恭喜你们，好朋友！恭喜！愿你们永享

快乐、清新的爱情时光！

拉山德　　愿更多的幸福追随殿下，

行走坐卧之地、炊金馔玉之所，无处不至！

忒修斯　　来，从晚餐到就寝，其间还有三小时，

我们有假面剧[1]、舞蹈之类的节目看吗？

也好打发这段漫长的光阴。

平时给我们司掌戏乐的人呢？

准备了什么娱乐节目？就没哪部戏能

消解这难熬时光带来的焦灼吗？

1　假面剧（masques）：包含音乐、舞蹈与华服等因素的宫廷娱乐。

	传伊吉斯。
伊吉斯	臣在，伟大的忒修斯。
忒修斯	说说看，你备下了什么节目来消磨这个黄昏？
	有没有假面剧、音乐什么的？要是一点儿娱乐也没有，
	我们怎能挨过这拖沓的时光？
伊吉斯	这单子上就是预备的戏目，
	请殿下亲点先看哪出。（给拉山德一单子）
拉山德	（念）"与半人马怪之战[1]，
	雅典阉人独唱，竖琴伴奏。"
忒修斯	我们不看这个，本王给爱人讲过这个
	彰显姻亲赫剌克勒斯伟绩的故事了。
拉山德	（念）"醉女发狂，
	色雷斯歌人惨遭分尸始末[2]。"
忒修斯	这是老戏，本王
	从底比斯凯旋时就演了。
拉山德	（念）"九缪斯[3]痛悼
	乞食文人之死[4]。"
忒修斯	这好像是讽刺剧，辛辣尖刻，
	和婚礼这种场合不协调。

1　或改编自古罗马诗人奥维德所著《变形记》中半人马怪与拉庇泰人（Lapithae）发生流血冲突的故事，有的版本认为赫剌克勒斯当时也在场。

2　源自奥维德《变形记》中的另一个故事，讲述弹唱技艺举世无双的俄耳甫斯（Orpheus）被古罗马酒神巴克斯（Bacchus）的女信徒分尸。俄耳甫斯失去妻子欧律狄刻（Eurydice）后悲恸欲绝，除了太阳神外不再崇拜任何神明，结果被酒神的女信徒（一说是女祭司）分尸；也有版本说俄耳甫斯丧妻后不与女子亲近，才被恋慕他的酒神狂女杀死。

3　九缪斯（thrice three Muses）：希腊神话中宙斯（Zeus）的九个女儿，是司艺术、音乐、文学等的女神。——译者附注

4　或指斯宾塞（Spencer）的诗作《缪斯之泪》（The Tears of the Muses）。

拉山德	（念）"关于年轻的皮剌摩斯

拉山德　　　（念）"关于年轻的皮剌摩斯
　　　　　　与其恋人提斯柏的冗长短戏；极惨的笑剧。"

忒修斯　　　极惨的笑剧！冗长的短戏！
　　　　　　这简直像说火热的冰，离奇的雪[1]。
　　　　　　如此自相矛盾，怎能自圆其说？

伊吉斯　　　殿下，一出戏只有十来字，
　　　　　　自然是再短不过，
　　　　　　可殿下，它就算只有十个字也是太长，
　　　　　　让人厌烦。整出戏里
　　　　　　没一个字用对，没一个角色演得好。
　　　　　　这出戏的确很惨，尊贵的殿下，
　　　　　　因为皮剌摩斯要在戏中自杀。
　　　　　　说实话，微臣看他们预演时，
　　　　　　真的热泪盈眶，但那些泪都是
　　　　　　放声大笑时流的，谁也没流过比那更欢乐的泪了。

忒修斯　　　演戏的是谁？

伊吉斯　　　都是胖手胝足，在雅典城里做工的汉子。
　　　　　　他们从来不动脑子，
　　　　　　这回是要给殿下庆祝大婚，
　　　　　　才不辞劳苦记下了这出戏。

忒修斯　　　那我们就看这个。

伊吉斯　　　不，尊贵的殿下，
　　　　　　这戏哪配污渎圣听。微臣看了一遍，
　　　　　　根本一无是处，乏善可陈，
　　　　　　除非您能从他们的心意中找到乐趣，

1　离奇的雪：原文 strange snow，或许漏了一词，如应为 strange black snow（离奇的黑雪）。

为了给您效力，
他们费九牛二虎之力记下了台词。

忒修斯　本王要看这出戏，
出自质朴忠心的献礼，
总不会出岔子。
去，领他们来。——女士们，各位请坐。　　　　伊吉斯下

希波吕忒　臣妾不想看草野小民勉为其难，
让忠心在效力时化为乌有。

忒修斯　哎哟，亲爱的，他们不会糟到那步田地。

希波吕忒　他说他们根本不会演戏。

忒修斯　他们的辛劳一文不值，我们还表示嘉许，才更显出气量。
他们的疏漏就是我们的笑料，
不必计较他们的愚忠无法企及的成就，
要珍惜他们的努力，宽宥他们的不足。
本王初来之时，饱学之士都预先
准备了欢迎词。
可一见本王，便身子发抖、脸色发白，
话说一半就卡住 [1]，
紧张之下连背熟的词句也骨鲠在喉，
总之是口不能言，
一句欢迎词也说不出。相信我，亲爱的，
这种无言让本王体察到他们表示欢迎的诚意，
惶恐而忠诚的畏怯，
论意味并不少于摇唇鼓舌的
滔滔雄辩。

1　卡住：原文 Make periods，意为"画句点 / 为了某种修辞效果而停顿"。

所以啊，亲爱的，本王以为木讷寡言的纯朴
虽说最不擅辞令，情意却最为深厚。

伊吉斯上

伊吉斯　　　致辞者准备好了，听候殿下吩咐。

忒修斯　　　让他上场。（喇叭奏花腔）

致辞者昆斯上

致辞者 [昆斯]　要是咱们开罪各位，也是好心好意。[1]
各位要知道，咱们不会存心冒犯，
除非是出于好意。[2] 前来敬献薄技，
这才是咱们的初衷。
要知道，咱们正是成心到此使坏。
咱们来这儿不是，为了让诸位满意，[3]
咱们的真正目的是，竭力让各位开怀，
咱们不会来此。[4] 让你们为之后悔，
演员们即将登场。看过他们的表演，
你们就会明白自己没准儿知道的事。

忒修斯　　　这家伙根本不分句读。

拉山德　　　他说起开场白来，就像骑着顽劣的小马，横冲直撞。殿
下，这是个好教训：单会说话不算数，要说还得合路数。

希波吕忒　　说真的，他就像小孩吹八孔直笛[5]，吹是能吹响，却完全

1　昆斯在此误加了句点，改变了整句话的意思。

2　此处亦误加了句点。

3　原文 we come but in despite. / We do not come as minding to content you。此处缺少句读，应加句号或分号。若标点无误，此句应读作 we come—but in despite we do not come—as minding to content you（我们前来——完全出于好意——要给诸位助兴）。

4　此处亦误加了句点。

5　八孔直笛：原文 recorder。——译者附注

	不成调。
忒修斯	他的话就像缠结的锁链，一节也没坏，就是乱作一团。
	下边该谁登场？

号手引皮剌摩斯［波顿］、提斯柏［弗鲁特］、"墙"［斯诺特］、"月光"［斯塔佛林］及"狮子"［斯纳格］上

致辞者[昆斯]	各位看官，你们或许会纳闷这班人是干吗的。
	只管纳闷吧，等真相大白你们就知道了。
	要是你们想知道，这个男的是皮剌摩斯，
	这个美人儿不用说是提斯柏了。
	这人身上涂着石灰和粗灰泥，
	代表一堵墙，就是那堵将这两个情人隔开的坏墙。
	他们两个可怜人只好通过墙缝
	小声说话，这些是大家该知道的。
	这人提着灯笼，牵着狗，拿着一捆荆条，
	代表了月亮。因为，你们要知道，
	这两个情人觉得借着月光
	去尼努斯坟头相会，上那儿谈情说爱不坏。
	这头可怕的畜生，名字叫狮子，
	那晚忠实的提斯柏先到约会的地方，
	给它吓跑了，也就是说被它惊走了。
	她逃走时落下了自己的斗篷，
	那斗篷给恶狮口中的鲜血沾染。
	不久，高个儿美少年皮剌摩斯来了，
	他见忠实的提斯柏的斗篷染着血，
	就拔出剑，拔出一把该死的剑，
	对准他那热血沸腾的胸膛勇敢地刺了进去。
	提斯柏那时还在桑树荫下等候，

等她发现此事，就拔出他的匕首[1]，自杀了。其余的事，

就让狮子、月光、墙和两个情人

留在这儿细细演来。　　　　　　　　除"墙"外众人下

忒修斯　　　本王想知道狮子会不会说话。

狄米特律斯　　肯定会，殿下，一群驴子都说人话了，狮子哪能例外。

墙[斯诺特]　　小人斯诺特是也，

在这出戏里扮的是一堵墙。

须知此墙可不一般，

此乃一堵有裂口、有缝之墙，

皮剌摩斯、提斯柏两个恋人

时常凑在这道缝儿边悄声说话。

这把黏土、这撮粗灰泥和这块石头，就表明

咱是一堵真正的墙，千真万确。

（指着他腿间的空隙）此即那道从右到左裂开的缝儿，

胆怯的恋人们就在这儿说悄悄话。

忒修斯　　　石灰、毛发[2]筑的东西竟这般伶牙俐齿，你能想得

到吗？

狄米特律斯　　殿下，比这还俏皮的话，小人还真没听哪堵墙说过呢。

忒修斯　　　皮剌摩斯走到墙边了。别出声！

皮剌摩斯上

皮剌摩斯[波顿]　哦，阴沉的夜啊！哦，漆黑的夜啊！

哦，黑夜，白日一去，你就来啦！

哦，黑夜！哦，黑夜！啊呀呀呀！

俺怕俺的提斯柏忘了先前的约定。

1　匕首（dagger）：下文又说是剑（sword），见第五幕第一场。——译者附注

2　毛发（hair）：筑墙的材料中拌入毛发可使墙体更加坚固，保温性能更好。——译者附注

墙啊！哦，墙啊！亲爱的、可爱的墙啊！

你生生隔开了她父亲和俺二人的家园！

你这堵墙啊！哦，墙啊！哦，亲爱的、可爱的墙啊！

露出你的裂缝[1]，让俺朝里头瞄上一眼吧！

（"墙"叉开双腿）

（皮剌摩斯自"墙"腿间窥视）

谢谢你，有礼的墙。愿乔武[2]好生保佑你！

可俺瞧见什么啦？俺没瞧见提斯柏。

哦，万恶的墙啊！俺透过墙缝没瞧见心头爱[3]！

愿你的石头[4]块块遭殃，竟敢这样骗俺！

忒修斯　　　这墙又不是没知觉，本王想他该回骂一句。

皮剌摩斯[波顿]　不会的，殿下，真的，他不该回骂。"骗俺"是提斯柏
接词的地方。她就要上场，俺快要在墙缝里瞅见她了。
你们瞧着吧，下边的戏跟俺说的一丝儿不差。她打那边
来啦。

提斯柏上

提斯柏[弗鲁特]　墙啊！你常听奴家哀叹，

怨你害奴家同帅哥皮剌摩斯生生分离！

奴家的樱唇常常亲吻你的砖石，

你这用石灰[5]、毛发[6]黏合的砖石。

皮剌摩斯[波顿]　俺瞧见一个声音，俺到墙缝边瞧瞧，

1　裂缝：原文 chink，亦有"阴道、肛门"之义，此处借用其多义性。

2　乔武（Jove）：即朱庇特（Jupiter），罗马神话中地位至尊的神。

3　心头爱：原文 bliss，直译为"乐园、天国"。——译者附注

4　石头：原文 stones，亦有"睾丸"之义，此处借用其多义性。

5　石灰：原文 lime，很可能按 limb 发音，limb 亦有"阴茎"之义。

6　毛发：原文 hair，亦有"阴毛"之义，此处借用其多义性。

　　　　　　　　不知能不能听见俺那提斯柏的脸蛋。提斯柏？

提斯柏［弗鲁特］　你是奴的情哥哥奴想，你是奴的冤家。[1]

皮剌摩斯［波顿］　不管你怎么想，俺正是你情郎。

　　　　　　　　就像里芒德[2]，俺永不变心肠。

提斯柏［弗鲁特］　奴家会像海伦[3]那般忠心，直到命运女神剪断奴的生命线。

皮剌摩斯［波顿］　歇弗洛斯对普若克洛斯[4]也不比俺专一。

提斯柏［弗鲁特］　奴家对你就像歇弗洛斯对普若克洛斯。

皮剌摩斯［波顿］　哦，请从这坏墙的缝中给俺一个吻！

提斯柏［弗鲁特］　奴家吻到了墙缝，吻不着你的嘴。

皮剌摩斯［波顿］　你肯不肯马上去尼尼坟前跟俺相会？

提斯柏［弗鲁特］　活也好，死也好，奴家这就去，一刻不耽搁。

　　　　　　　　　　　　　　　　　皮剌摩斯与提斯柏下

墙［斯诺特］　　墙的戏咱演好啦，

　　　　　　　　戏份演完，咱这墙就走啦。　　　　　　　下

1　原文 My love thou art, my love I think，提斯柏弄错了停顿的地方，正确的停顿应在 love（情哥哥）之后。此句应读作 My love, thou art my love I think（奴的情哥哥，奴想你是奴的冤家）。——译者附注

2　里芒德（Limander）：此为赫洛（Hero）的恋人勒安得耳（Leander）之误。

3　海伦（Helen）：赫洛（Hero）之误。

4　歇弗洛斯对普若克洛斯（Shafalus to Procrus）：此为"刻法洛斯（Cephalus）对普洛克里斯（Procris）"之误。刻法洛斯是福基斯（Phocis）之王得伊昂（Deion）之子，他与普洛克里斯结婚后，被黎明女神厄俄斯（Eos）掳去八年，被迫与她生儿育女。由于他始终无法忘记妻子，厄俄斯只好放他回家，但在他临行时诋毁了普洛克里斯的节操。刻法洛斯半信半疑，乔装打扮试探妻子，普洛克里斯果然中计。她弄清状况后羞愧万分，逃入山林与月神、狩猎女神阿耳忒弥斯（Artemis）为伴。普洛克里斯与刻法洛斯和解后，带着两件有法力的礼物回到了他身边，礼物之一是一柄百发百中的投枪。刻法洛斯酷爱打猎，总是带着这把投枪上山打猎，让普洛克里斯独守空房；他还常在山顶为女云神涅斐勒（Nephele）唱赞歌。普洛克里斯误以为他移情别恋，悄悄来到他打猎的地方，藏在灌木丛中窥伺他的行动，结果被他误当作野兽杀死。——译者附注

忒修斯	隔开两家人的墙倒了。
狄米特律斯	殿下，要是墙都能随便偷听别人说话[1]，还真叫人为难。
希波吕忒	本宫从没看过比这更蹩脚的戏。
忒修斯	最好的戏也只是幻影，最糟的戏用想象一补充，也差不到哪儿去。
希波吕忒	那也得是您的想象，不是他们的。
忒修斯	他们给我们的印象若有他们自己想的好，他们就算是卓尔不群了。来了两个高贵的生灵，一个人加一头狮子。

"狮子"与带着灯笼、荆条和狗的"月光"上

狮子 [斯纳格]	你们这些女士，天性温柔，
	见了一只最小的耗子在地板上爬也会害怕，
	现在看见一头猛狮在怒吼，
	说不定要发抖打战了吧？
	请你们放宽心，咱其实是细木工斯纳格，
	既不是凶猛的雄狮，也不是母狮。
	咱要真是狮子，
	闯到这儿来才遭殃呢！
忒修斯	非常善良的畜生，颇有良知。
狄米特律斯	殿下，小人还没见过演得比这更精彩的畜生[2]呢。
拉山德	这狮子论勇气就和狐狸差不多。
忒修斯	没错，他小心谨慎，说起来更像鹅。[3]
狄米特律斯	可别这么说，殿下。他的"勇气"还没有他的"小心"多，一只狐狸却能叼走一头鹅。

1 英谚有云：walls have ears（隔墙有耳）。
2 畜生：原文 beast，与 best（精彩的）为谐音双关。
3 意即"愚蠢的"。

忒修斯	本王敢肯定，他的"小心"叼不动他的"勇气"，就像一头鹅拖不动一只狐狸。好，且由他小心去，先听月亮怎么说。
月光 [斯塔佛林]	这盏灯笼代表角儿弯弯的新月——
狄米特律斯	他该把角儿戴在头上。[1]
忒修斯	他不是新月[2]，圆滚滚的哪有角啊？
月光 [斯塔佛林]	这盏灯笼代表角儿弯弯的新月，咱自个儿就像是月中人。
忒修斯	这该是最大的纰漏了。应该把这个人放进灯笼里，不然怎么叫月中人？
狄米特律斯	他是怕蜡烛，才不敢进去。您看，都起灯花[3]了。
希波吕忒	这月儿真让本宫心烦，他要是有盈亏就好了！
忒修斯	他的光线那么暗，显然是轮残月。不过，出于礼节考虑，我们还得忍他一忍[4]。
拉山德	接着说啊，月亮。
月光 [斯塔佛林]	一句话，咱要告诉你们的是，这灯笼就是月亮，咱，就是月中人，这荆条，是咱的荆条，这狗，是咱的狗。
狄米特律斯	嗨，这些都该放进灯笼才对，它们都是月亮里的啊。先静一静，提斯柏来了。

提斯柏上

提斯柏 [弗鲁特]	这是老尼尼的坟。奴的冤家呢？
狮子 [斯纳格]	吼！

狮子咆哮。提斯柏奔下，遗落了斗篷

---

1 据说当"乌龟"（即妻子有情人）的男人头上会长角。
2 不是新月（no crescent）：意指"不是正在变圆的月儿"，或是因为他太瘦了。
3 起灯花：原文 in snuff，亦有"生气"之义。
4 忍他一忍：原文 stay the time，意指"等着把它看完"。

狄米特律斯	吼得好，狮子！
忒修斯	跑得好，提斯柏！
希波吕忒	照得好，月亮！说真的，这月光照得很优雅。

狮子甩弄提斯柏的斗篷后下

忒修斯	撕[1]得好，狮子！
狄米特律斯	于是皮剌摩斯来了。
拉山德	于是狮子不见了。

皮剌摩斯上

皮剌摩斯[波顿]	可爱的月亮，多谢你的灿灿金光。
	谢谢，你照得这么亮堂！
	蒙你闪闪金辉的照耀，
	俺定能饱览最忠实的提斯柏的娇容。
	且慢，哦，该死！
	瞧啊，可怜的骑士，
	好一番惨象！
	眼睛，你看到了吧？
	怎么会这样？
	哦，可爱的宝贝儿！哦，亲爱的！
	这是你的好斗篷，
	哎哟！满是血迹！
	来吧，狰狞的复仇之神[2]！
	哦，命运之神，来吧，来吧，
	快把生命线和接头纱[3]咔嚓剪断，

1　撕：原文 moused，意指抓住或甩动提斯柏的斗篷。

2　复仇之神（Furies）：古典神话中的三位司掌复仇的女神。

3　接头纱：原文 thrum，指织机上经线的线尾，意指"一切"。

	破坏、粉碎、了结、杀戮！
忒修斯	这么悲恸难当，外加一个密友的死，几乎要令人满面忧愁了。
希波吕忒	该死的！本宫真的可怜起他来了。
皮刺摩斯 [波顿]	哦，老天哪！你干吗要造狮子，
	让这头猛狮在这儿糟蹋 [1] 俺的爱人？
	她是——不，不——是所有活过、爱过、喜欢过、快乐过的人中，
	最漂亮的姑娘。
	肆意流淌吧，眼泪！
	出鞘吧，长剑，刺进
	皮刺摩斯的心口。
	对，一剑刺穿左胸 [2]，
	就是心儿跳动的地方，
	俺就这样，这样，这样，这样死喽。（举剑自刺）
	现在俺已死去，
	转眼离开凡尘，
	魂儿升到空中。
	舌头 [3]，失去光明！
	月亮，拔腿跑掉！ "月光"下
	这下俺死，死，死，死，死喽。（死）
狄米特律斯	不是四 [4]，是一 [5]，因为死的就他一个。

---

1 糟蹋：原文 deflowered，或为 devoured（吞噬）之误。

2 胸：原文 pap，通常指女性的胸部。

3 舌头：原文 tongue，为 eye（眼睛）之误。

4 四：原文 die，指一对骰子（dice）中的一枚。

5 一：原文 ace，指骰子上的一点。

拉山德	他连"一"也当不成，老兄。他一死，就什么也不是了。
忒修斯	请个外科医生，或许还能救活他，让他继续当头驴[1]。
希波吕忒	提斯柏还要回来找她情人，月亮怎么走了？

提斯柏上

忒修斯	她会在星光的照耀下发现他的。她来了。她再号啕痛哭一顿，戏也就演完了。
希波吕忒	臣妾以为，皮剌摩斯这活宝不值得她多费唇舌[2]。臣妾希望她少说两句。
狄米特律斯	她跟皮剌摩斯半斤八两[3]，不分上下。
拉山德	她的秀目看见他了。
狄米特律斯	于是哀声道，也即[4]——
提斯柏[弗鲁特]	睡着啦，亲爱的？
	怎么，死了？奴的小鸽子[5]！
	哦，皮剌摩斯，快起来！
	说话呀！说呀！哑了？
	死了，死了？一座坟墓
	将遮盖你这双美丽的眼睛。
	雪白似百合的嘴唇，
	紫红如樱桃的鼻子，
	黄如报春花的脸蛋，
	全没了，全没了！
	有情人同放哀声。

1 驴：原文 ass，与 ace 谐音双关。
2 多费唇舌：原文 long one，意为悲恸得难以自持。
3 半斤八两：原文 A mote will turn the balance，mote 意为"微粒"。
4 也即：原文 videlicet 为拉丁语，意为"也就是说，换言之"。
5 小鸽子：原文 dove，意为"鸽子、宝贝"。——译者附注

他双眼碧如韭菜。

命运女神三姐妹，

来啊，上奴家这儿来，

手儿灰白似牛奶，

伸进血中浸一浸，

既然你们用剪刀，

剪断了他的生命线。

舌头，不必多言，

来吧，这柄好剑，

来吧，剑刃，刺穿奴的胸膛。（举剑自刺）

再会，朋友们！

提斯柏就此丧命。

再会，再会，再会！（死）

忒修斯	他们的后事留给月光和狮子料理吗？
狄米特律斯	对啊，还有墙。
波顿	（起身）不，俺告诉你们，那堵隔开他们两家的墙已经倒啦。你们是想看收场白，还是想听咱们的两个同行跳贝加马斯卡舞[1]？
忒修斯	请把收场白省了吧，你们的戏无需观众原谅，角色全死了，我们还能怪谁。说真的，要是写戏的人亲自来演皮刺摩斯，用提斯柏的袜带把自己吊死，这戏倒会是绝妙的悲剧。说真的，你们这回演得特别精彩。来吧，把收场白搁一边，跳你们的贝加马斯卡舞吧。（跳舞）

---

1 贝加马斯卡舞：原文 Bergomask dance，其现代拼法为 Bergamask dance。是一种乡村舞蹈，因意大利贝加莫（Bergamo）人而得名。贝加莫人的举止和口音时常遭人取笑。——译者附注。

铁钟敲了¹十二下，

恋人们，去睡吧，快到属于仙子的时间了。

本王怕我们今晚熬夜，

明日清晨不能早起。

这出显然很蹩脚的插剧让我们无意中

打发了这么多夜晚时光。亲爱的朋友们，去睡吧。

我们要一连庆祝半个月，

夜夜狂欢，节目日日翻新。　　　　　　　　众人下

罗宾上，执扫帚

罗宾　　　　饿狮放开声音吼，

野狼抬头把月望。

粗朴农夫鼾声响，

皆因白日把活忙。

火把尚有小余光，

鸱鸺²高声厉叫狂，

枕上愁人眠不得，

闻之忆起尸布长。

此时夜色已深沉，

坟墓森森将口敞，

个个吐出死魂灵，

墓园路上瞎游荡。

吾等小仙多奔忙，

1　敲了：原文 told，与 tolled（钟鸣）为谐音双关。

2　鸱鸺（screech-owl）：其叫声被视为不祥。

　　　　　　将三面赫卡忒[1]銮舆[2]伴，

　　　　　　离开阳光金灿灿，

　　　　　　如梦似幻逐黑暗，

　　　　　　嬉游时间到，鼠辈

　　　　　　不许将此吉屋闹，

　　　　　　吾奉命携帚先到，

　　　　　　将门后尘埃清扫。

仙王奥布朗与仙后提泰妮娅及二人扈从上

奥布朗　　　　让房中微光熠熠[3]，

　　　　　　借着昏昏残火，

　　　　　　每个精灵、仙子，

　　　　　　像枝头小鸟欢跳。

　　　　　　随朕唱起歌谣，

　　　　　　和着曲子起舞，舞步轻快流畅。

提泰妮娅　　　先把歌词记清，

　　　　　　字字加上颤音；

　　　　　　牵起手儿，优雅如仙，

　　　　　　齐声同唱，祝福此间。

众仙　　　　　（唱歌，起舞）

　　　　　　直到天色破晓，

　　　　　　众仙各屋绕绕；

1　三面赫卡忒（triple Hecate）：古典神话中的巫术和黑夜之神，被与月亮相联系；通常被表现为三头三身，赫卡忒在天国称路娜（Luna）或辛西娅（Cynthia），在人间称狄安娜，在地府则称普洛塞庇娜（Proserpina）。

2　銮舆：原文 team，指为赫卡忒拉车的生物，很可能是龙。

3　微光熠熠（give glimmering light）：或为给仙子们下的命令，仙子们可能带着蜡烛（或许是将蜡烛顶在头上，好腾出手来跳舞）。

先看最佳婚床 [1]，
愿它吉瑞祯祥。
子嗣自此孕育
永世幸福安康。
也祝三对鸳侣，
此生相爱不渝。
造物神之败笔，
渠辈儿女得免。
无痣斑、兔唇、
丑疮疤，
无丑胎记招人嫌，
渠辈后裔颜若玉。
神圣野露手中拿，
众仙各挑各的路 [2]。
门户——布德泽，
宫宇处处送吉祥。
殿上君侯宝阙主，
永世太平享洪福。
快快去，莫犹豫，
天明我们再重聚。   除罗宾外众人下

罗宾　　　　吾辈虚影若让诸位失望，
　　　　　　　如此思量便可心情舒畅，
　　　　　　　台上虽曾变换恁多幻景，
　　　　　　　看官至此不过酣睡一场。

1　最佳婚床（best bride-bed）：指忒修斯与希波吕忒的婚床。
2　路，原文 gait，意为"（自己的）路线"。

若剧情乏味无聊，委实平淡，
皆如浮生一梦着实荒唐，
看官们，请见谅！
蒙宽宥，定改善。
帕克向来不扯谎，
吾等若有幸逃过
一顿嘶嘶倒彩声，
日后定当报大恩。
如有食言，只管骂帕克扯谎。
好了，祝大家晚安。
如视吾辈为友，还请鼓个掌捧捧场，
罗宾定将给各位报偿！